L'ÉTÉ DE MES 17 ANS

Bayard Graphic remercie la rédaction de **Phosphore** pour sa collaboration fructueuse
et enthousiaste, en particulier Stéphane Gouhier qui a invité, chaque été,
les autrices et auteurs de ce livre à livrer leurs souvenirs de l'été de leurs 17 ans.

18, rue Barbès, 92120 Montrouge

Dépôt légal : mai 2023 • ISBN : 978-2-227-50145-4
Achevé d'imprimer en mars 2023 en Belgique par Delabie

BOUZARD • KIM CONSIGNY • FABRICE ERRE • CLAIRE FAUVEL • ALIX GARIN
LUCILE GOMEZ • JUL • GUILLAUME LONG • LISA MANDEL • ÉLISA MARRAUDINO
LESLIE PLÉE • POCHEP • RUDY SPIESSERT • LEWIS TRONDHEIM

L'ÉTÉ DE MES 17 ANS

bayard graphic'

L'ÉTÉ DE BOUZARD

L'ÉTÉ DES 17 ANS DE GUILLAUME BOUZARD
FILER COMME LE VENT À 5H00 DU MATIN, SUR UN 103 SP.
SE DIRE QUE C'EST L'ÉTÉ.
BROOO
QU'ON EST JEUNE.
QUE CE SERA UNE SUPERBE JOURNÉE DE JUILLET.
BROO
BROOO
QUE LA VIE NOUS OUVRE SES BRAS.
DIS DONC BOUZARD, T'ES PAS EN AVANCE !
QU'IL FAUT EN PROFITER.
T'AS EXACTEMENT DEUX MINUTES POUR ÊTRE À TON POSTE !
ET PUIS, SE DIRE QUE CETTE ANNÉE...
...C'EST RATÉ...
...PARCE QUE CETTE ANNÉE...

...JE PASSE MON ÉTÉ DANS UN ABATTOIR.
ALORS BOUZARD, T'AS EU UNE PANNE D'OREILLER ?
C'EST LE SEUL JOB SAISONNIER QUE J'AI RÉUSSI À DÉGOTTER.
HEY BOUZARD, T'ES PAS AU LYCÉE !
DÉPÊCHE-TOI UN PEU !!!
OUAIS OUAIS ! J'Y VAIS !
QUAND JE PENSE QUE LES POTES VENDENT DES CHICHIS SUR L'ÎLE D'OLÉRON !
AU MOINS, J'AURAI PAS DE COUPS DE SOLEIL...
HUIT HEURES PAR JOUR SUR LA CHAÎNE MOUTONS À CROISER LES GIGOTS.
J'AI JAMAIS EU LA CURIOSITÉ DE DEMANDER POURQUOI IL FALLAIT CROISER LES GIGOTS.
LE CHEF M'A DIT : "TOI, TU AS UNE TÊTE À CROISER LES GIGOTS" !
"CHIC !" AI-JE RÉPONDU.
JE CROIS QUE C'EST LÀ QUE J'AI COMMENCÉ À L'ÉNERVER.

LE POSTE "CROISEMENT DE GIGOTS" N'EST PAS LE PLUS DIFFICILE.
IL FAUT JUSTE RESTER CONCENTRÉ
MAIS RESTER CONCENTRÉ PENDANT DES HEURES SUR UN TRAVAIL AUSSI RÉPÉTITIF, C'EST IMPOSSIBLE.
LES GESTES DEVIENNENT MÉCANIQUES ET L'ESPRIT S'ÉCHAPPE...
...LOIN...
...TRÈS LOIN...
...TROP LOIN...
HEY BOUZARD !
TU PEUX ME DIRE CE QUE C'EST ?
HEIN ?
C'EST QUOI ?
DES MOUTONS AVEC DES GIGOTS PAS CROISÉS
PARDON ? J'AI PAS ENTENDU !
DES MOUTONS AVEC DES GIGOTS PAS CROISÉS.
ET ALORS ?
ALORS, C'EST CACA !

NE PLUS SE DÉCONCENTRER.
GARDER LE RYTHME.
ET SI PAR MALHEUR, ÇA VA TROP VITE...
...UTILISER LE DERNIER RECOURS...
... LE CÂBLE D'ARRÊT D'URGENCE.
TU TIRES, ÇA S'ARRÊTE.
TOUTE LA CHAÎNE S'IMMOBILISE.
ET LÀ, TU PEUX RATTRAPER TON RETARD.
BAH ALORS?
LE SEUL TRUC, C'EST QUE TOUT LE MONDE EST ARRÊTÉ À CAUSE DE TOI.
OH!
HÉ!
DU COUP, ÇA BRAILLE.
OH!
C'EST ENCORE BOUZARD?
HO!
OH
HO!
OH
QUEL BOURRICOT CELUI-LÀ!
HÉ
QU'EST-CE QUE TU FOUS?
UNE VINGTAINE DE GAILLARDS QUI SAVENT BIEN QUE C'EST ENCORE TOI QUI AS STOPPÉ LA CHAÎNE...
ET BIEN SÛR, L'AUTRE QUI RAPPLIQUE...
L'ÉTÉ LE PLUS LONG DU MONDE.
DES HEURES QUI S'ÉTIRENT
DES JOURNÉES DONT ON NE VOIT JAMAIS LA FIN.
DES SEM...
SPLAF!

QUAND QUELQU'UN T'ENVOIE UN VIEUX BOUT D'INTESTIN EN PLEIN VISAGE...
TU PEUX CONSIDÉRER ÇA COMME UNE DÉCLARATION DE GUERRE.
LE TOUT EST D'IDENTIFIER CE QUELQU'UN...
...MÊME SI TU AS DÉJÀ UNE PETITE IDÉE...
VU !
JE NE M'ÉTAIS PAS TROMPÉ.
JEFF.
MON POTE DE LYCÉE.
LUI AUSSI EMBAUCHÉ POUR L'ÉTÉ.
MAIS LUI, SUR LA CHAÎNE COCHONS.
LÀ, IL PART À SA PAUSE... IL EST PASSÉ ME RENDRE UNE PETITE VISITE DE COURTOISIE
C'EST ÇA... FAIS LE MARIOLE...
MAIS TU OUBLIES UNE CHOSE MON LAPIN...
...C'EST QUE DANS UN QUART D'HEURE, C'EST MOI QUI SUIS EN PAUSE...
ET IL SE TROUVE QUE J'AI REPÉRÉ UN VIEUX BOUT DE FOIE OUBLIÉ SOUS UN PLAN DE TRAVAIL...

UH UH UH UH !
JE PEUX SAVOIR CE QUE TU FAIS ?
AH CHEF... JE VOUS AVAIS PAS VU...
TU FAISAIS QUOI ?
J'ALLAIS ENVOYER UN VIEUX BOUT DE FOIE SUR JEFF...
UN VIEUX QUOI ?
UN VIEUX BOUT DE FOIE SUR JEFF...
ET ALORS ?
ALORS C'EST CACA !
TIENS, BAH PUISQUE TU SAIS PAS QUOI FAIRE PENDANT TA PAUSE...
...TU VAS ALLER VIDER LA CUVE À BOYAUX QUI EST TOUTE BOUCHÉE !
L'ÉTÉ DE MES 17 ANS...
L'ÉTÉ LE PLUS LONG DU MONDE.
BOUZARD
POUR FRIZOU

L'ÉTÉ DE LISA MANDEL

L'ÉTÉ DES 17 ANS de
Lisa Mandel
nous sommes en 1994 le tube de l'année, c'est
I LIKE TO MOVE IT MOVE IT!
avec mes copines, on pense qu'on ne suit pas du tout la mode et qu'on est super originales...
Sweat capuche
Doc Martins
on fume comme des rebelles
je fume même devant ma mère
tu arrêteras à trente ans, comme moi...
phrase prophétique
j'ai foiré mon bac français
je comprends pas! pourtant j'avais rien révisé!
c'est pas ma faute, ils sont trop mal organisés, à nous mettre Roland-Garros au même moment...
Mary Pierce pousse des cris orgasmiques à chaque coup
HAAA! HA
HAAA
Veille de l'oral français
j'ai passé mon Brevet à la Fonction d'animateur BAFA
EN RANG!
tu vois Héri ce soir?
du coup je bosse dans un centre aéré tout l'été...
oui peut-être
Kamel ton chapeau!
Sarouel mode détente, le top

Le soir, j'écris mes mémoires
COOL
fresques peintes à la gouache. Qui c'est qui va bien rigoler pour repeindre en blanc l'an prochain ?
entre 9 et 29 ans, j'ai tenu un journal intime...
Pour Phosphore, j'ai décidé d'ouvrir celui de mes 17 ans...
2003-2001
1789-71
1998
oh my god
1er août 1994
J'ai 17 ans et mai, juin, juillet, 3 mois, je sors avec un malgache "Héri" (prononcer "Herr")
je sais dire bonjour
manaona
"blanc"
WASA
"monsieur"
Ramsé
il a pas les cheveux crépus et il veut me baiser
bah dis donc j'étais crue
bref, c'est hyper constructif dans l'analyse du monde humain. Il a 21 ans et il ressemble à un Malaisien...
moi de 2020
Je ne l'ai vu que deux fois, après la première rencontre, je me sentais trop amoureuse
que faire ? je suis une vierge effarouchée, oui ou merde ?
j'hésite
on vivra ensemble sur une île ensoleillée
et des sarouels bariolés...

une semaine après (qui m'a parue un mois) je le revois et c'est la démystification totale.
il commence à me gonfler
je me demande si intimement, je ne suis pas...
homosexuelle...
c'est vrai quoi, Freud, le grand Freud l'a dit :
L'être humain est bisexuel
à la question "EST-ce que je me touche la nuit ?", je répondrai : oui
frotte frotte
et à chaque fois je me sens plus conne, plus seule et plus désespérée...
de ne pouvoir partager avec personne mes nuits solitaires
en plus j'ai interro demain
mais en même temps, suis-je homo ?
mais non, enfin !
bon, souvent je rêve que j'embrasse une fille
(par exemple Meg Ryan
et ça me semble normal, jusqu'au moment où je me rends compte que je suis une fille et que deux filles ensemble c'est impossible.
hahaha mais non !! qu'est-ce qu'on fait ?
hahaha !
je sais pas, c'est ton rêve !
toutes ces hésitations, c'est peut-être parce que je ne suis jamais tombée amoureuse vraiment...
je t'aime
j'ai faim

j'ai l'impression de plus souvent avoir eu des sentiments pour des filles que pour des mecs...
Magali au CP
la meilleure amie de ma belle mère
Julia en 4e
coupe garçonne tron classe
ça fait beaucoup
mais pour les filles, c'est vraiment platonique. J'aimerais juste les toucher,
leur caresser les cheveux,
ou les embrasser.
Hiii
PIOUT
mais sans rien de cochon ou de sexuel...
pour parler crûment j'ai aucune envie de leur
la fo
ne
ou qu'elles me tripotent lentement le
des
Non vraiment, ça me dégoûte !
berk berk berk
pas de ça chez moi !
j'imagine plutôt une sorte d'amitié poussée
puis-je te toucher les seins mon amie ?
bien sûr mon amie
j'aimerais trouver un mec tellement formidable que j'en oublierais mes hésitations.
OUH Toi !
Parce que tomber dans la marginalité, ça m'intéresse pas, je veux avoir un mec et des enfants métis.

le problème c'est qu'avec les hommes, j'ai l'impression d'avoir un blocage au niveau des sentiments.
au bout d'une semaine j'en ai marre
En fait je crois que si ça allait plus loin avec une fille, ça ferait pareil qu'avec le mec...
"Tout est éphémère dans la vie !"
j'ai vaguement l'impression de vouloir me rassurer en disant cela.
Mais que voulez-vous ? si j'en parle à quelqu'un ça sera à une fille et alors elle me prendra pour une GOUINE !
au secours !
et finie l'amitié
une gouine, comme Josiane Balasko dans
JOSIANE BALASKO
VICTORIA ABRIL
ALAIN CHABAT
Gazon Maudit
en 1994, c'est ma seule référence de lesbienne et c'est clair que je veux pas lui ressembler
d'abord elle est VIEILLE
ensuite elle est SDF, merci les amis
elle a un style horrible, pas de sarouels ni de docs
par contre, Victoria Abril...
je ferais bien de l'amitié poussée avec elle !

en plus je sais pas pourquoi Alain Chabat est censé être le canon de service
il se tape trop plein de meufs
franchement trop laid
Bref... Pour couronner le tout j'ai appris que l'âge moyen des premiers rapports sexuels c'est 17 ans
Djeun's et jolie
trois mois de retard !
déjà que j'ai raté mon bac français
Djeun's
du coup, bon ben j'ai couché avec Héri
sur mon journal, je n'y laisserai qu'une seule phrase...
Août 1994
J'ai baisé. Aucune parenthèse

L'ÉTÉ DE JUL

COMMENT EST-CE QU'ON AVAIT RÉUSSI À NÉGOCIER AUPRÈS DE NOS PARENTS DE PARTIR UN MOIS TOUT SEULS EN GRÈCE ? MYSTÈRE...
BERURIER NOIR
LUDWIG VON 88
EDIKA
C'EST BON POUR MOI AUSSI !
OUI, VOUS AVEZ VU ÇA AU CINÉMA : DANS LES ANNÉES 1990 LES TÉLÉPHONES ÉTAIENT ENCORE EN BAKÉLITE !
COMME ON AVAIT DÉJÀ VOYAGÉ FAÇON "ROUTARD" AVEC MA FAMILLE, CE SONT MES PARENTS QUI ONT ÉVALUÉ LE BUDGET NÉCESSAIRE POUR CHAQUE JOUR...
PROF
PROF
PSY
"SCANDI BOUTIQUE" RUE DE RIVOLI
SERRÉ À LA BASE, IL AVAIT PAS DU TOUT TENU COMPTE DE L'INFLATION GALOPANTE DE LA DRACHME
(L'EURO EST APPARU QUAND LES TÉLÉPHONES EN BAKÉLITE ONT DISPARU)
SPOILER : CETTE ERREUR D'APPRÉCIATION ALLAIT ÊTRE À L'ORIGINE DE LA GRANDE DÉRIVE DE CET ÉTÉ D'AVENTURE...
L'ÉTÉ DE MES 17 ANS
1991
PAR Jul.
"LA LIBERTÉ OU LA MORT"
... C'EST LA DEVISE NATIONALE BRANDIE PAR LES PATRIOTES GRECS FACE À L'EMPIRE OTTOMAN... LES NEUF SYLLABES "ELEFTHERIA I THANATOS" CORRESPONDENT AUX NEUF BANDES BLEUES ET BLANCHES DU DRAPEAU... MAIS POUR NOUS, C'ÉTAIT PLUTÔT LE SLOGAN DE NOS PREMIÈRES VACANCES ENTRE POTES !
CASTING :
SAMUEL BOLLENDORFF : MON PLUS VIEUX COPAIN D'ENFANCE. ON A TOUT FAIT ENSEMBLE, MAIS C'EST LA PREMIÈRE FOIS QU'ON VA ÊTRE "ON THE ROAD" !
FUME DEPUIS LA 4e !
DAN ZARCA : AU LYCÉE CHARLEMAGNE AVEC SAMUEL. (MAIS EN FAIT SON PÈRE ET MA MÈRE SE CONNAISSENT DEPUIS L'ÉCOLE À TUNIS) INCARNATION DU COOL : VÊTEMENTS TROP GRANDS, BASKETS DE SKATER, MARQUEURS POSCA POUR FAIRE DES TAGS...
GROS NEZ LUISANT
TROIS POILS DE BARBE
MOI : CE QUI M'APPARAÎT MAINTENANT COMME UNE MASSE AHURISSANTE DE CHEVEUX...
PROTOTYPE DU "FAUX COOL", INTELLO DE SERVICE PAS TROP ASSUMÉ (HEUREUSEMENT IL Y A LA BD !)

IL A EXISTÉ UNE PÉRIODE DE L'HUMANITÉ OÙ, AVANT DE PARTIR EN VOYAGE À L'ÉTRANGER, IL FALLAIT ABSOLUMENT SE MUNIR DE...
TRAVELER'S CHEQUES© !
US$ American Express Traveller's cheques
JE NE SAIS MÊME PLUS AU JUSTE COMMENT ON S'EN SERVAIT, MAIS CETTE INVENTION CENSÉE FACILITER LA VIE ÉTAIT EN TOUT CAS HYPER COMPLIQUÉE ET BUREAUCRATIQUE !
POUR S'EN PROCURER, IL FALLAIT FAIRE LA QUEUE AU GUICHET DE LA BANQUE DE FRANCE OU D'AMERICAN EXPRESS !
LA FEMME PRATIQUE, C'ÉTAIT MICHÈLE DUCORNET, LA MÈRE DE SAM...
11 KILOS...
C'EST TROP !
...ELLE AVAIT UNE THÉORIE BIEN ÉTABLIE SUR QUASIMENT TOUT, ET EN L'OCCURRENCE SUR LE POIDS D'UN SAC À DOS (LE RATIO DEVANT ÊTRE "1 KG POUR 10 KG DU PORTEUR" !)
...THÉORIE D'AUTANT PLUS DIFFICILE À APPLIQUER QU'IL FALLAIT AUSSI VOYAGER AVEC UNE GIGANTESQUE TROUSSE À PHARMACIE...
ÇA, C'EST POUR LES PETITES DIARRHÉES, ÇA, C'EST GROSSES DIARRHÉES, ÇA MOYENNES DIARRHÉES...
ÇA, C'EST POUR ENTRE DEUX DIARRHÉES...
MAIS VOUS POUVEZ ENLEVER LES BOÎTES, HEIN... (1)
(1) ESPRIT PRATIQUE
AUTRE ACCESSOIRE INDISPENSABLE, INVENTION QUI VENAIT TOUT JUSTE DE FAIRE SON APPARITION ET INCARNAIT LE NEC PLUS ULTRA DE LA MODERNITÉ :
LA BANANE !
(IDÉAL POUR RANGER SES TRAVELER'S CHEQUES©)
À COMPLÉTER AVEC LE WALKMAN
(LE MEILLEUR AMI DES JEUNES NÉS ENTRE GUTENBERG ET ZUCKERBERG)
STEREO
ΑΘΗΝΑ

L'IDÉE C'ÉTAIT DE REJOINDRE LE PÉLOPONNÈSE...
ON VOYAGEAIT SUR LE MARCHEPIED DU TRAIN, AU-DESSUS DU VIDE!
50 MÈTRES PLUS BAS: LE CANAL DE CORINTHE
...PUIS CONTINUER EN STOP.
6000 DEGRÉS
CIGALES
ON DORMAIT DANS DES DUVETS SUR LA PLAGE: TOUS LES SOIRS, IL FALLAIT TROUVER UN COIN UN PEU TRANQUILLE, ET LE MATIN ON ÉTAIT RÉVEILLÉS PAR LES MOUSTIQUES...
SANS JAMAIS LAVER NOTRE LINGE, ON A ASSEZ VITE COMMENCÉ À RESSEMBLER À DES CLODOS...
COUPE "HUCKLEBERRY FINN"
COUPE "KIM WILDE"
COUPE "CAMILLA PARKER BOWLES" "RABBI LOUBAVITCH"
SI DAN AVAIT EU L'INTENTION CET ÉTÉ-LÀ DE "SE FAIRE DES ANGLAISES", IL N'Y RÉUSSIT QUE SUR LE PLAN CAPILLAIRE...
GRÂCE À NOTRE TECHNIQUE DE "PAYER UN BILLET DE BATEAU POUR LE PREMIER ARRÊT ET FAIRE SEMBLANT DE S'ENDORMIR JUSQU'À DESTINATION FINALE", ON A RÉUSSI À SILLONNER LES ÎLES GRECQUES DE LONG EN LARGE QUASI GRATOS!
ON A DORMI DANS DES IMMEUBLES EN CONSTRUCTION PARCE QU'IL PLEUVAIT
ON DORMAIT SUR LE PONT PLEIN DE CAMBOUIS

MAIS ASSEZ VITE, AVEC NOTRE BUDGET MAL CALCULÉ, ON S'EST HEURTÉ À LA QUESTION ALIMENTAIRE.
PENDANT UN MOIS ON S'EST EXCLUSIVEMENT NOURRI DE PITA-SOUVLAKIS
ENA POTIRI NERO, PARAKALO*
* NOTRE VOCABULAIRE TOURNAIT ESSENTIELLEMENT AUTOUR DE LA NOURRITURE (ICI : "UN VERRE D'EAU", LE SEUL TRUC À BOIRE GRATUIT)
YAOURT GREC (TRÈS CHER) (INABORDABLE !!)
FAGE
TOTAL
AVEC DU MIEL
"GRGL"
ALORS ON A FINI PAR PIQUER DES TRUCS DANS LES ÉPICERIES !
BISCUITS PAPADOPOULOS (GENRE OREO)
PASTÈQUE (DUR À PIQUER)
ÉCHANTILLONS DE MIEL (FACILE)
COMME ÇA, IL NOUS RESTAIT UN PEU DE SOUS POUR L'ESSENTIEL :
CHAUSSURES EN PNEU RECYCLÉ ACHETÉES PAR SAMUEL À SKYROS
ET SURTOUT QUELQUES PÂTISSERIES SORTIES DU FOUR !
"BOUGATSAS" TIÈDES SAUPOUDRÉES DE CANNELLE, QUE DAN S'OBSTINAIT À APPELER "BON GATOS"

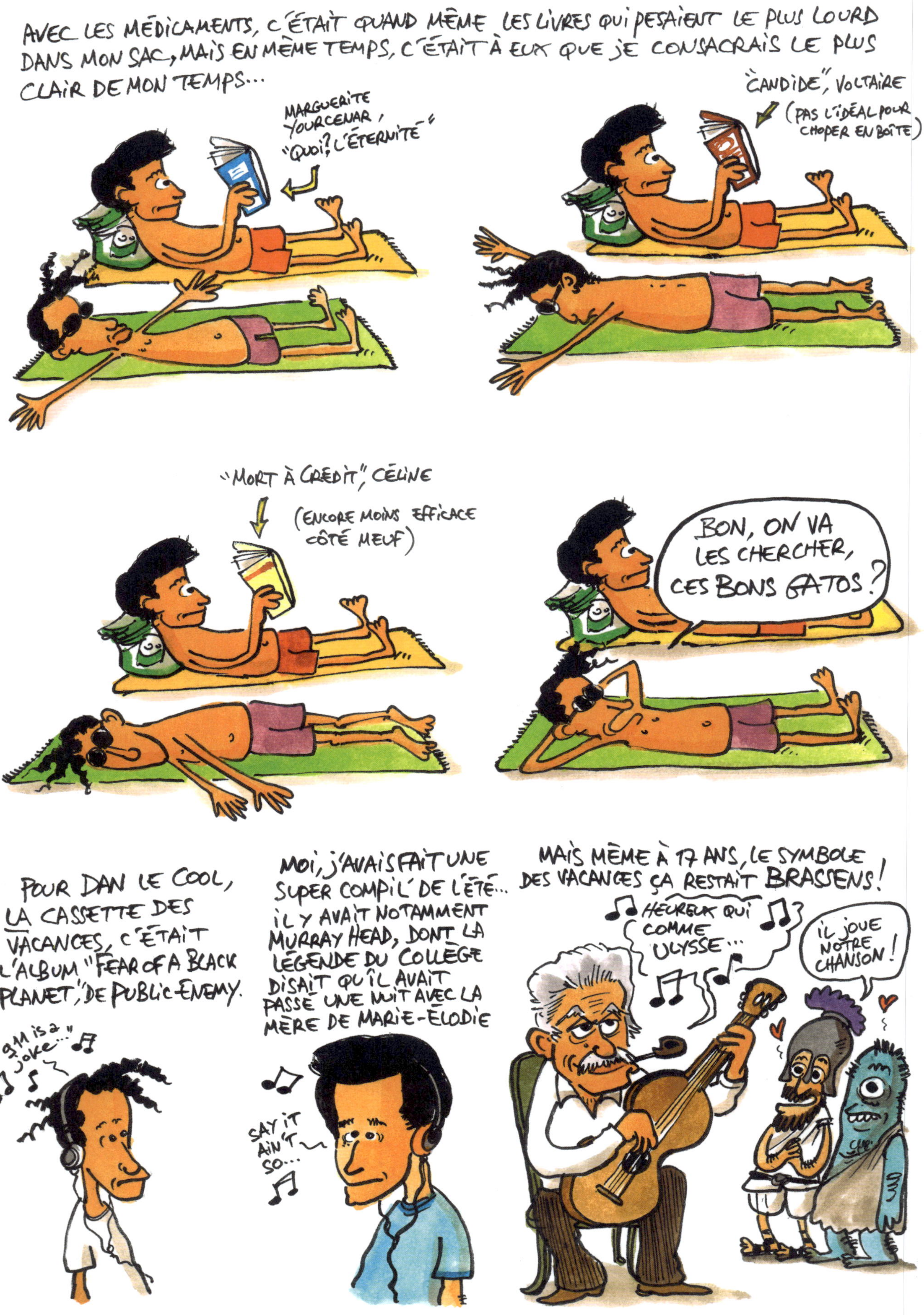
AVEC LES MÉDICAMENTS, C'ÉTAIT QUAND MÊME LES LIVRES QUI PESAIENT LE PLUS LOURD DANS MON SAC, MAIS EN MÊME TEMPS, C'ÉTAIT À EUX QUE JE CONSACRAIS LE PLUS CLAIR DE MON TEMPS...
MARGUERITE YOURCENAR, "QUOI? L'ÉTERNITÉ"
"CANDIDE", VOLTAIRE
(PAS L'IDÉAL POUR CHOPER EN BOÎTE)
"MORT À CRÉDIT", CÉLINE
(ENCORE MOINS EFFICACE CÔTÉ MEUF)
BON, ON VA LES CHERCHER, CES BONS GATOS?
POUR DAN LE COOL, LA CASSETTE DES VACANCES, C'ÉTAIT L'ALBUM "FEAR OF A BLACK PLANET", DE PUBLIC ENEMY.
"911 is a joke..."
MOI, J'AVAIS FAIT UNE SUPER COMPIL' DE L'ÉTÉ... IL Y AVAIT NOTAMMENT MURRAY HEAD, DONT LA LÉGENDE DU COLLÈGE DISAIT QU'IL AVAIT PASSÉ UNE NUIT AVEC LA MÈRE DE MARIE-ÉLODIE
SAY IT AIN'T SO...
MAIS MÊME À 17 ANS, LE SYMBOLE DES VACANCES ÇA RESTAIT BRASSENS!
HEUREUX QUI COMME ULYSSE...
IL JOUE NOTRE CHANSON!

L'ÉTÉ DE ALIX GARIN

L'été
de mes
17 ans
Alix Gaur
À L'ANNÉE PROCHAINE !
LA DERNIÈRE AVANT LE GRAND SAUT !
PROFITEZ DE L'ÉTÉ POUR RÉFLÉCHIR À CE QUE VOUS VOULEZ DEVENIR !
QU'EST-CE QUE JE VEUX DEVENIR ?
QUI JE VEUX ÊTRE ?
QUI JE SUIS ?

L'ÉTÉ DE MES 17 ANS, J'AI FAIT UN VOYAGE.
JE SUIS PARTIE À LA RECHERCHE DU VIDE QUE JE RESSENTAIS EN MOI.
MON ÂME A 1000 PORTES
ET JE VAIS LES POUSSER UNE PAR UNE POUR TROUVER LA BONNE.
EN FAIT, J'AI PEUR DE L'AVENIR.
JE NE CROIS PAS AUX LENDEMAINS QUI CHANTENT DE PEUR D'ÊTRE DÉÇUE.
JE VOUDRAIS ARRÊTER LE TEMPS.
REVENIR EN ARRIÈRE.

L'ÉTÉ DE MES 17 ANS, JE NE ME SUIS JAMAIS SENTIE AUSSI SEULE.
COMME DIFFÉRENTE...
EN DÉCALAGE.

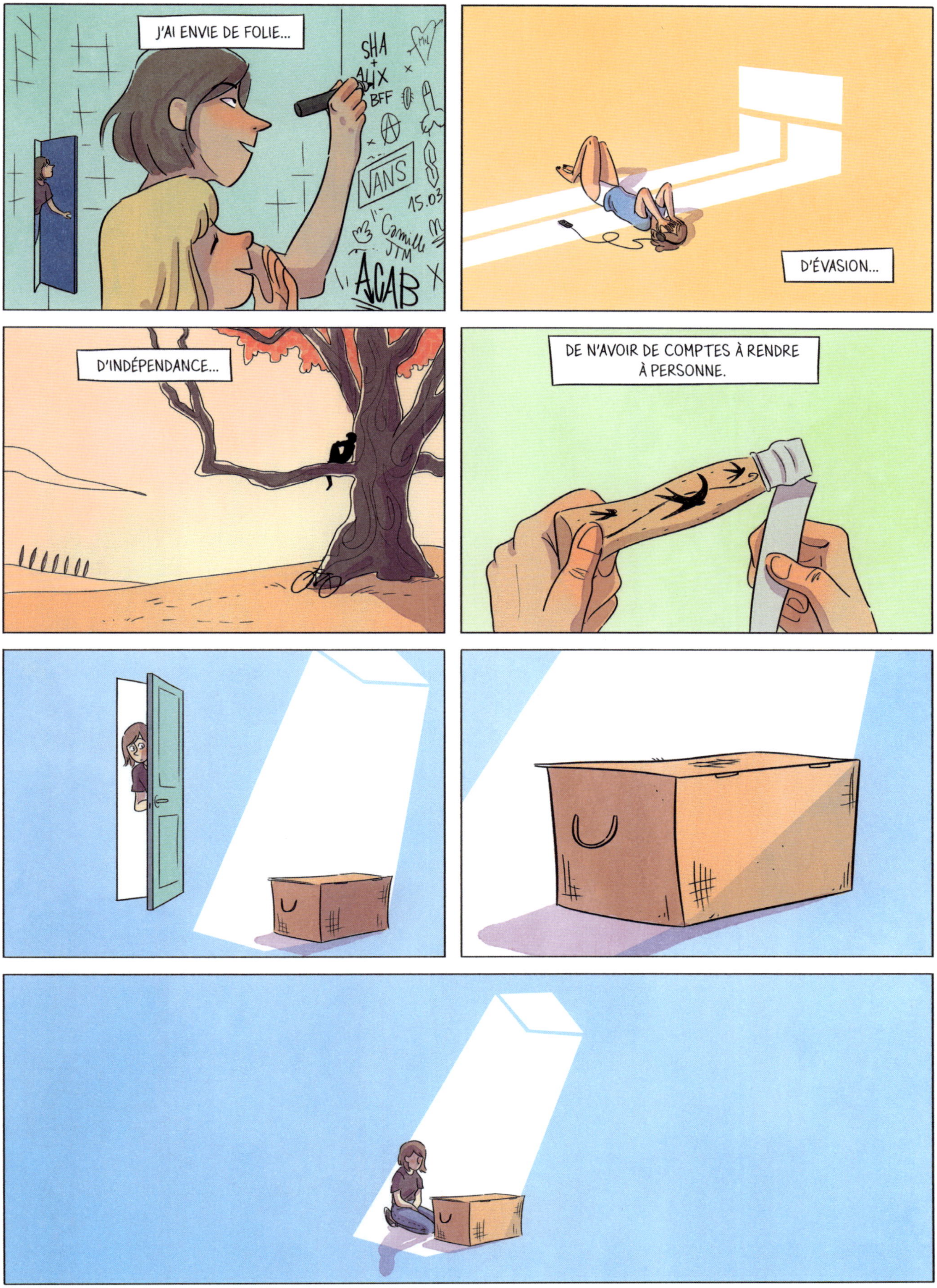
J'AI ENVIE DE FOLIE...
SHA
+
ALIX
BFF
VANS
15.03
Camille
JTM
ACAB
D'ÉVASION...
D'INDÉPENDANCE...
DE N'AVOIR DE COMPTES À RENDRE
À PERSONNE.

L'ÉTÉ DE MES 17 ANS, J'ÉTOUFFE DE NOSTALGIE.
TOUT EST TOUJOURS SUJET À REGRETS.
À DÉFAUT DE SAVOIR VERS OÙ J'AVANCE, JE M'ACCROCHE À CE DONT JE M'ÉLOIGNE.
CERTAINES PORTES RÉSISTENT.
QUAND POURRAI-JE LES OUVRIR ?

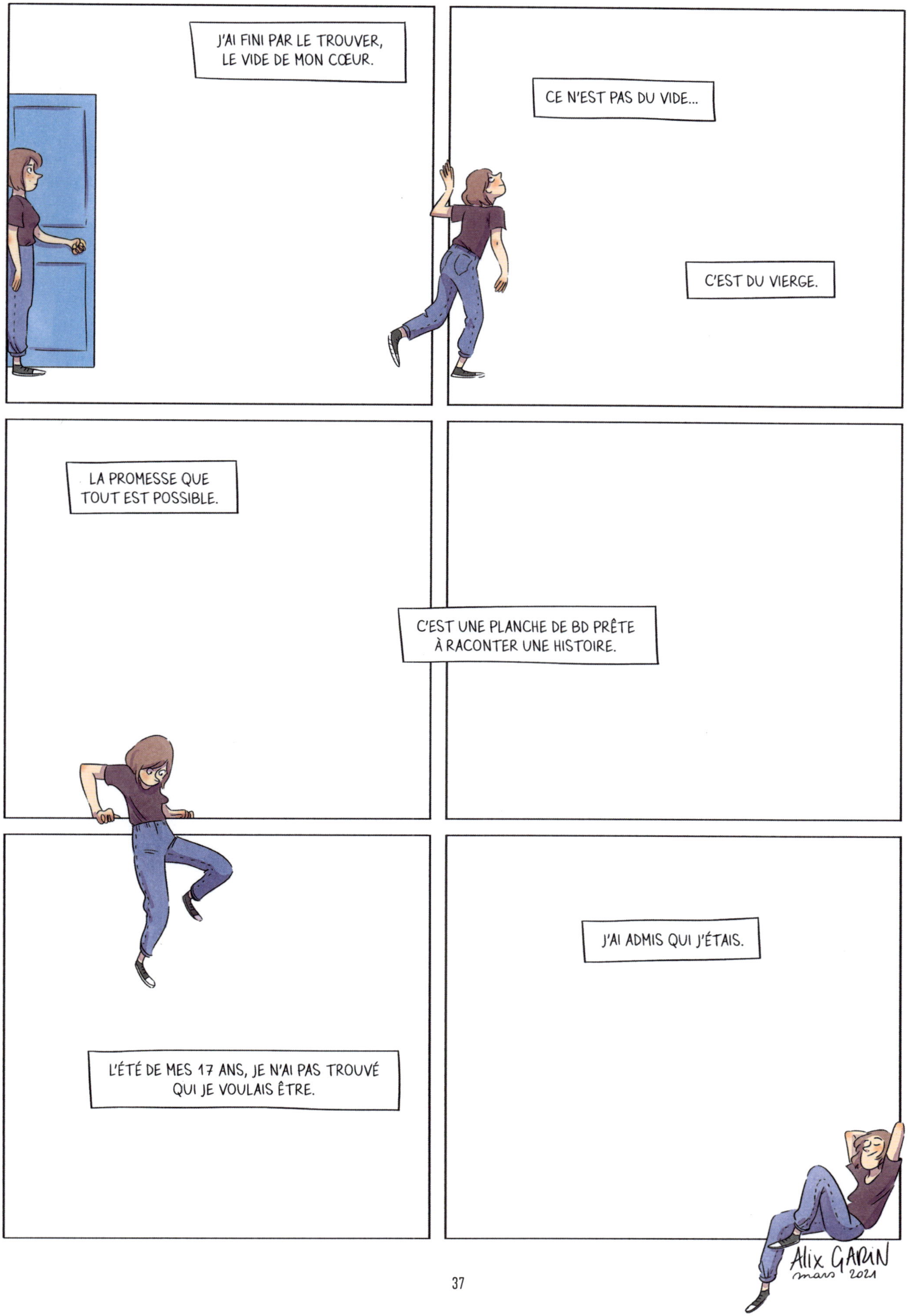
J'AI FINI PAR LE TROUVER, LE VIDE DE MON CŒUR.
CE N'EST PAS DU VIDE...
C'EST DU VIERGE.
LA PROMESSE QUE TOUT EST POSSIBLE.
C'EST UNE PLANCHE DE BD PRÊTE À RACONTER UNE HISTOIRE.
L'ÉTÉ DE MES 17 ANS, JE N'AI PAS TROUVÉ QUI JE VOULAIS ÊTRE.
J'AI ADMIS QUI J'ÉTAIS.
Alix GARIN
mars 2021

L'ÉTÉ DE LEWIS TRONDHEIM

L'été des 17 ans (+1)
de Lewis Trondheim
JE M'APPELLE LEWIS TRONDHEIM. JE SUIS AUTEUR DE B.D. J'AI 52 ANS.
BON... EN FAIT, JE NE M'APPELLE PAS VRAIMENT TRONDHEIM... C'EST UN PSEUDONYME QUE JE ME SUIS CHOISI.
1980
1990
2010
2020
ET SON ORIGINE REMONTE À MES 18 ANS.
UN AMI M'A POUSSÉ À PARTIR AVEC LUI POUR FAIRE UN TOUR D'EUROPE DURANT UN MOIS.
IL EXISTAIT, ET IL EXISTE ENCORE, UNE CARTE FERROVIAIRE POUR LES MOINS DE 26 ANS PERMETTANT DE VOYAGER GRATUITEMENT EN TRAIN EN EUROPE.
INTERRAIL
L'IDÉE GÉNÉRALE ÉTAIT DE FAIRE PRENDRE CONSCIENCE À LA JEUNESSE EUROPÉENNE QUE NOUS SOMMES TOUS DES ÊTRES HUMAINS SYMPATHIQUES ET QU'IL FAUT ARRÊTER DE SE FAIRE LA GUERRE SUR LE VIEUX CONTINENT.
J'HABITAIS FONTAINEBLEAU ET J'AVAIS ASSEZ PEU VOYAGÉ AVEC MES PARENTS.
Écosse
Maison
Suisse
Espagne
PARTIR JUSTE AVEC UN AMI, UN SAC À DOS ET À L'AVENTURE NE ME TENTAIT PAS DU TOUT.

MAIS JE L'AI FAIT...
NOUS ÉTIONS EN SEPTEMBRE, MES COURS NE RECOMMENCERAIENT QU'EN OCTOBRE.
J'AI ACHETÉ UN MATELAS DE SOL, UN SAC DE COUCHAGE, UN SAC À DOS ET HOP ! J'AI ÉVITÉ DE TROP RÉFLÉCHIR.
DIRECTION LE NORD ! ON SE DIT QUE CE SERAIT BIEN DE VOIR DES AURORES BORÉALES AU CAP NORD.
ici
MÊME SI CE N'EST PAS VRAIMENT LA SAISON, NOUS ESPÉRONS QU'IL Y AURA UNE CHANCE, MÊME INFIME, D'EN VOIR.
NOUS ENCHAÎNONS BRUXELLES, AMSTERDAM ET COPENHAGUE ASSEZ VITE.
NOUS VISITONS LES VILLES DANS LA JOURNÉE, PUIS NOUS PRENONS UN TRAIN DE NUIT JUSQU'À L'ESCALE SUIVANTE.
GROS AVANTAGE : NOUS ÉCONOMISONS SUR LES FRAIS D'HÉBERGEMENT.
BROLOMBROLOMBROLOM
RRRRRRR
GROS DÉSAVANTAGE : NOUS DORMONS ASSEZ MAL ET NOUS NE NOUS LAVONS PAS VRAIMENT.
MAIS ON S'EN FICHAIT. NOUS ÉTIONS JEUNES, SANS GRAND ODORAT NI GROSSE VOLONTÉ DE DRAGUER DES FILLES.

SOUVENIR DE BRUXELLES : LE MANNEKEN-PIS EST RIDICULEMENT PETIT ET INSIGNIFIANT.
SOUVENIR D'AMSTERDAM : IL Y A DES FEMMES DANS DES VITRINES.
SOUVENIR DE COPENHAGUE : JE M'ACCROCHE À LA PETITE SIRÈNE POUR UNE PHOTO SOUVENIR.
NOUS VOULONS ATTEINDRE LE CAP NORD SANS TROP TARDER, ALORS NOUS TRAVERSONS VITE STOCKHOLM ET OSLO.
NOUS FAISONS UNE HALTE À TRONDHEIM OÙ NOUS PRENONS UNE BONNE SAUCÉE.
J'APPRENDRAI PLUS TARD QUE C'EST UNE DES VILLES LES PLUS PLUVIEUSES D'EUROPE.
JE FAIS MA PREMIÈRE EXPÉRIENCE D'AUBERGE DE JEUNESSE. DORMIR DANS UNE CHAMBRE COLLECTIVE N'EST GUÈRE MIEUX QUE DE DORMIR DANS UN TRAIN.
ROOMMNFL
ZZZZZ
EN CHEMIN VERS NARVIK, NOUS QUITTONS LA VOIE FERRÉE POUR ALLER FAIRE DU CAMPING SAUVAGE DANS UN PARC NATIONAL.
JE RAMASSE UN BOIS DE RENNE... J'HÉSITE À LE TRIMBALER AVEC MOI DURANT TOUT LE VOYAGE.
FINALEMENT, JE LE GARDE.
MON COMPAGNON DE VOYAGE DÉCIDE DU CHEMIN, DES HALTES... JE SUIS DOCILEMENT.

J'APPRENDS À FAIRE CACA DANS LA NATURE...
À FAIRE LA VAISSELLE DANS UN RUISSEAU AVEC DU SABLE...
À SURVIVRE AVEC CE QUE L'ON A SUR SOI.
Boites de conserve
Sens de l'orientation
eau potable
JE DÉCOUVRE CE QU'EST UN CAIRN.
NOUS REPRENONS LE TRAIN. JE VOIS LA LIMITE DU CERCLE ARCTIQUE DÉLIMITÉ PAR DES ROCHERS PEINTS EN BLANC.
ARRIVÉS À NARVIK, LIMITE NORD DU CHEMIN DE FER, NOUS NOUS DEMANDONS SI C'EST RAISONNABLE DE FAIRE DU STOP JUSQU'AU CAP NORD.
IL Y A PEU DE TRAFIC ET 740 km À PARCOURIR.
NOUS RESTONS UN PEU À L'AUBERGE DE JEUNESSE. JE DÉCOUVRE L'EXISTENCE DES CORN-FLAKES, SANS ENTHOUSIASME SPÉCIAL.
NOUS ABANDONNONS LE PROJET CAP NORD ET NOUS ATTAQUONS NOTRE REDESCENTE VERS LA FINLANDE.
Narvik
Helsinki
DANS CHAQUE VILLE, VERS 17h, NOUS VOYONS DES ADOLESCENTS DE 13 À 16 ANS COMPLÈTEMENT SAOULS.
ET À 19h, ILS ONT TOUS DISPARUS.

D'HELSINKI À STOCKHOLM, NOUS PRENONS UN FERRY POUR TRAVERSER LA MER BALTIQUE.
LE TRAJET ÉTANT DE NUIT, NOUS OPTONS POUR DORMIR À LA BELLE ÉTOILE.
J'AI ENCORE UN TRÈS BON SOUVENIR DE LA VOÛTE CÉLESTE TANGUANT DE GAUCHE À DROITE.
EN PLEINE NUIT, MON COPAIN ME SECOUE ALORS QUE JE SUIS BIEN EMMITOUFLÉ DANS MON SAC DE COUCHAGE.
IL ME HURLE DESSUS : C'EST LA TEMPÊTE !
EFFECTIVEMENT, C'EST LA TEMPÊTE.
ON AURAIT EU INTERNET ET DES SMARTPHONES À L'ÉPOQUE, ON AURAIT ÉVITÉ DE DORMIR SUR LE PONT.
JE ME RETROUVE À COURIR EN CHAUSSETTES SUR LE PONT GLISSANT, TENANT TOUTES MES AFFAIRES COMME JE PEUX POUR ME METTRE À L'ABRI.
DANS NOTRE REFUGE, L'ODEUR DU GASOIL REMONTE DE LA SALLE DES MACHINES... AVEC LE ROULIS, JE COMMENCE À AVOIR BIEN MAL AU CŒUR.
JE PARS EN CHAUSSETTES À LA RECHERCHE DE TOILETTES.
DES VAGUES DE VOMIS PARCOURENT LE SOL DE LONG EN LARGE SELON LE ROULIS.

JE DÉCIDE DE CONSERVER MES CHAUSSETTES, CERTES HUMIDES, MAIS PROPRES POUR ALLER PLUTÔT ME VIDER DEHORS.
AU BASTINGAGE, JE RENDS À LA NATURE CE QU'ELLE M'A DONNÉ.
MAIS UNE BOURRASQUE EMPORTE MON DÎNER VERS DES TOURISTES QUI ADMIRAIENT LA MER EN FURIE À 20 MÈTRES DE LÀ.
À STOCKHOLM, JE FINIS PAR EN AVOIR ASSEZ DES DÉCISIONS DE MON COMPAGNON DE VOYAGE ET JE DÉCIDE DE CONTINUER SEUL LE VOYAGE VERS BERLIN-OUEST.
CETTE DÉCISION DE PRENDRE EN MAIN MA VIE PERDURE ENCORE AUJOURD'HUI.
DE CE VOYAGE, IL ME RESTE DONC MON NOM DE PLUME.
MAIS J'AURAIS AUSSI BIEN PU M'APPELER OSLO, NARVIK OU STOCKHOLM.
DANS MON SOUS-SOL, IL ME RESTE AUSSI MON SAC À DOS, MON MATELAS DE SOL ET UN BOIS DE RENNE.
MAIS DE CE VOYAGE, JE GARDE SURTOUT UN GOÛT IMMODÉRÉ POUR DORMIR DANS UN BON LIT.

L'ÉTÉ DE LUCILE GOMEZ

L'été des 17 ans de Lucile Gomez
Ça fait un bail dis donc !
Bof. Pas tant que ça.
Bah ! 20 ans quand même !
19 ans.
Oui, bah... 19.
oui, mais... Dix-neuf.
Y a pas à pinailler, t'es vieille, t'es vieille, c'est tout.
Et toi, t'e
Regardons de plus près dans ma mémoire...
(Faites pas attention au désordre)
C'est marrant les souvenirs...
On voit bien que certaines périodes prennent beaucoup plus de place que d'autres !
Parmi tous mes souvenirs d'enfance, ce sont clairement les étés les plus volumineux !
1986
1986
janvier
février
mars
avril
mai
juin
juillet
août
Normal, parce que l'été c'était les grandes vacances !
C'était le temps qu'on ne compte pas, les découvertes, le mouvement, la liberté...
ÉTÉ 1998

Les grandes vacances avaient un goût d'éternité.
Et de Mister Freeze à l'orange.
Mais l'été 1998, j'obtiens le BAC.
Fière!
Ma plus mauvaise note: 13 en sport.
mes copines
Et je suis reçue en classe prépa pour normale sup.
Ah merde. Va falloir y aller...
Moi, je vais à la fac d'arts plastiques.
moi aussi.
moi aussi.
Ça s'annonce studieux.
Hein?! 47 bouquins à lire pour préparer la rentrée?
Tu fais quoi cet été?
Chépa.
On pourrait glandouiller.
L'année suivante, j'aurai 18 ans et il est prévu que je travaille l'été.
Ce sont donc mes dernières grandes vacances !?!?
Yakalelo
Yakalelo
Il faut que j'en profite À FOND!
Ma rentrée est le 3 septembre.
Nous, c'est le 27 octobre.
Hey! Ça tombe pas pendant les vacances de Toussaint ça?!!
C'est alors que je réalise
M... Mais... Quoi?! Les "grandes vacances" font en fait que 8 SEMAINES?!!
Et COMMENT je suis censée donner le goût de l'éternité à 8 petites semaines!?
C'est quoi, ça?
Un sujet de philo?
Je prendrais le commentaire de texte.

ÉTÉ 1998
Voyons ce que j'ai mis dans ces 8 semaines.
Je porte des Vans.
Ah tiens, maintenant aussi.
Tu as les mêmes chaussures, mais tu as vieilli quand même.
Je ne suis pas vieille, je suis vintage.
Bonjour Madame.
Je vais pour la première fois chez les parents de mon copain.
Je découvre par la même occasion que son père EST VRAIMENT gendarme.
Bah oui, c'est sa moto.
Avec tous les joints que tu fumes, ton père est gendarme? Je croyais que c'était une blague!
Avec 2 copines nous partons en Espagne. On fait du stop, passe des nuits blanches, boit beaucoup de Kas citron et mange des kilos de chips.
Oh là là! Je ne pourrais plus me nourrir comme ça!
Bah oui, maintenant tu manges des trucs de vieille genre quinoa et chou kale.
Je vais aux concerts de Louise Attaque, de Little Rabbit et...
NOFX!
C'était trop bien! On a slamé et tout!
T'as des traces de chaussures partout sur ton T-shirt...
C'était trop cool je te dis!
Haha! NOFX! Groupe de vieux!
Quand je passe le BAC, Footix est partout.
Référence de vieux! Plus personne ne sait qui est Footix!
On est les champions!!
La France championne du monde de foot nous donne l'impression que le pays entier fête le BAC avec nous.

Ma mère prend une location à l'océan.
Je vais à la plage à vélo...
Dans le jardin d'à côté un perroquet imite le chat.
Miaou!
Miaou!
Miaou?
J'imite le perroquet qui imite le chat.
* Je n'ai lu qu'un seul livre des 47 de la liste de rentrée.
Comme chaque année, ma sœur et moi passons des heures dans l'eau...
Le voisin écoute les Red Hot et fait pousser de l'herbe dans son garage.
Encore un qui a de la famille dans la gendarmerie?
Je tiens mon tout premier carnet de croquis.
Telephone
Pour prendre des nouvelles de mon amoureux, je vais à la cabine téléphonique.
Avec ce souvenir du siècle dernier, tu ne peux plus dire que t'es pas vieille!
Fascinée par l'univers de la glisse, je dessine beaucoup de skateurs.
Tiens, qu'est-ce que c'est cette photo?
Tu faisais déjà du surf à l'époque?

Non.
Ce n'est pas une planche de surf, c'est une planche à repasser.
À 17 ans, je trouve l'idée que je puisse surfer tellement IMPOSSIBLE que faire cette photo me paraît HILARANT.
Aujourd'hui, je me demande pourquoi ça me faisait tellement RIRE.
Pourquoi... alors que j'aime les vagues et que le monde de la glisse m'attire... pourquoi me paraît-il si INCONGRU que je puisse SURFER ?
Au collège, je n'aimais pas les cours de sport !
Pfffffff... Une heure de sport entre une heure de maths et une heure de latin...
J'en conclus que je n'aime pas le sport.
Mais ne pas aimer faire la rondade en justaucorps devant toute la classe ne signifie pas forcément qu'on n'est pas sportif.
(moi à 13 ans)
Tout comme ne pas avoir envie d'apprendre les produits remarquables à l'heure de la digestion ne signifie pas qu'on est nul en maths.
À bien y réfléchir, y a plein de trucs que je croyais à mon propos à 17 ans qui n'étaient pas vrais.
Ah ouais ?
Par exemple, je croyais que j'étais grosse !!
Bon. OK. C'est n'importe quoi.
En revanche, avoue que tu es nulle en maths.

La vérité, c'est que je n'avais pas du tout confiance en moi.
Si j'avais eu confiance en moi, je ne serais pas allée m'ennuyer en classe prépa !
J'aurais fait une école de BD.
Et j'aurais fait du surf au lieu de faire de la planche à repasser !
zzzzzip
Mais voilà, le surf, c'était pas raisonnable, et la BD... IMPOSSIBLE ! Pour moi, tout ça n'était pas sérieux !
Mais ce qui n'est pas sérieux quand on a 17 ans, c'est de faire des études qui ne nous plaisent pas au lieu de celles qui nous passionnent !!
Alors vous qui avez 17 ans, prenez confiance en vous ! Vous AVEZ des talents (même si vous ne savez pas encore lesquels).
(et NON, vous n'êtes pas moche)
De toute façon, ça risque de ne pas être facile... Mais on progresse tellement mieux quand on est motivé par ce qu'on fait !!!
Rien n'est impossible à 17 ans. Et même à 36... Regardez ! Je me suis mise au surf !
Bon. Et surtout profitez bien de vos vacances.
Ça y est ? T'as fini avec tes conseils de vieille ?

L'ÉTÉ DE KIM CONSIGNY

L'ÉTÉ de mes 17 ANS
par Kim Consigny
L'ÉTÉ DE MES 17 ANS, MES PARENTS NOUS ONT FAIT UN SUPER CADEAU, ILS ONT DÉCIDÉ DE NOUS EMMENER VISITER... L'ÉCOSSE !!
aime regarder la pluie tomber
TROP CONTENTE !
aime lire au coin du feu
passe en terminale
ON PART DONC 15 JOURS TOUS LES 5
SCOTLAND BABY !
ma mère
mon père
mon frère
ma soeur
MAIS DONC... SANS MON MEC.
Thibaut, tu vas tellement me manquer, alors je t'écrirai tous les jours.*
Toi aussi, alors j'ai porté ce t-shirt toutes les nuits pendant 15 jours pour qu'il garde mon odeur, prends-le avec toi pour penser à moi.
snif
*on est en 2008 donc pas de forfait à l'étranger...
HOLÀLÀ, il me manque trop...
ON COMMENCE PAR UNE SEMAINE PRÈS DE LA VILLE D'ÉDIMBOURG.
J'AIME LES CHÂTEAUX ET LA VERDURE...
J'AIME AUSSI LES PETITES RUES, ON DIRAIT LE CHEMIN DE TRAVERSE DANS HARRY POTTER.
ET PUIS...

ON MANGE DES SCONES TOUT LE TEMPS.
confiture
clotted cream
IL Y EN A MÊME AU SUPERMARCHÉ (MAIS FAITES-LES VOUS-MÊME, C'EST EASY)
JE GOÛTE MES PREMIERS ŒUFS BROUILLÉS AU SAUMON
LE TEA-TIME (ET LES SHORTBREADS)
ON MANGE AUSSI PLEIN DE SOUPES TRÈS BONNES
(J'AIME MANGER EN VOYAGE, MÊME AU ROYAUME-UNI ᵕ)
LES PAYSAGES SONT INCROYABLES.
Il me manque trop...
On dirait du whisky!
Les enfants! Qui veut des shortbreads?
clic
Tu veux goûter?
À LA MAISON DE LOCATION, J'ÉCRIS DES LETTRES D'AMOUR, PENDANT QUE MON FRÈRE ET MA SOEUR OBSERVENT LA FAUNE LOCALE.
?
Hé hé hé!
POOOOOUÊÊÊT
APRÈS UNE SEMAINE ON PREND LA ROUTE (À CONTRE SENS) POUR SILLONNER LE NORD DE L'ÉCOSSE.
PAPAAAAA!!!
TÛÛÜT
Doucement Papa, j'écris une lettre.

OH !! Regardez !!
Il bouge pas, on s'arrête ?
HOLALA il est beeeeau !!
Attendez, c'est quoi, ça ? ...
LES MIDGES * !!!
* horribles moustiques des Highlands
UNE NUIT, ON DORT À CARBISDALE CASTLE, UN CHÂTEAU HANTÉ DEVENU AUBERGE DE JEUNESSE.
TOC
TOC TOC
J'ai déjà peur.
Mais non.
Waaah !
hé hé hé
Kim ! Regarde ! Ils donnent des infos là. Il y a une chambre plus hantée que les autres...
Ils disent que c'est la chambre 241 !
Ghosts
Papa
C'est la nôtre !
QUAND ON ARRIVE À NOTRE CHAMBRE, D'AUTRES CLIENTS DE L'HÔTEL ÉCOUTENT À NOTRE PORTE.
241
Sérieux ?
J'AI BEAU FAIRE LA MARIOLE, JE NE DORS PAS DE LA NUIT
RRRR
RRR
Y a un bruit.
Je suis sûre qu'il y a un bruit.

ON N'A PAS VU LE MONSTRE DU LOCH NESS
Qui veut des shortbreads?
Moi, je boirais bien un thé !
Hi hi
MAIS ON A VU DES PHOQUES !
HAAAAAAA ils sont trop mignooooooooons !!!
ET AUSSI, COMPLÈTEMENT PAR HASARD, UNE COMPÉTITION DE LANCER DE TRONC (OUI, OUI)
Haaan mais comment ils font ?
Ils sont tous en kilt, hihi !
il doit faire un demi-tour
Je peux essayer ?
AU BOUT DE 15 JOURS, TOUT EST TOUJOURS AUSSI BEAU, MAIS BIEN SÛR, MOI, JE N'EN PEUX PLUS.
Un seul être vous manque...
Youpi !!
MA BICHE, tu m'as trop manqué holà là je t'ai écrit 50 lettres et j'ai même pleuré dessus. Bon les autres taches c'est du beurre d'ailleurs je t'ai rapporté des shortbreads et tu sais ça te plairait trop l'Écosse, je veux plus jamais ne pas te voir pendant si longtemps !
FUN FACT : 12 ANS PLUS TARD C'EST TOUJOURS LE MÊME (JUSTE, JE L'APPELLE « VIEILLE BICHE »)
FIN

L'ÉTÉ DE GUILLAUME LONG

* PALPEZ-VOUS RÉGULIÈREMENT LES GARS.

MAINTENANT, IL FAUT QUE JE VOUS PARLE DE...
L'ÉTÉ
DE MES
16 ANS
JE M'APPELLE DÉJÀ GUILLAUME LONG (CE N'EST PAS UN PSEUDONYME)
JE NE SUIS PAS TRÈS POPULAIRE (MÊME SI JE ME DONNE DU MAL.)
WALKMAN DIFFUSANT GUNS N'ROSES
COIFFURE JIM MORRISON DANS L'IDÉE, MAFALDA DANS LE RÉSULTAT
BLOUSON EN DAIM
EASTPAK PORTÉ SUR UNE ÉPAULE
BADGE ACID
T-SHIRT AIR JORDAN
BASKETS REEBOK PUMP
PANTALON TREILLIS
JE DESSINE UN PEU, MAIS DANS MA CLASSE LES GENS S'EN FOUTENT : JE SUIS EN S, POUR FAIRE PLAISIR À MES PARENTS...
TU FAIS QUOI ?
J'DESSINE LA PROF.
T'AS RÉUSSI L'EXO SUR LES PROBAS ?
J'M'EN FOUUUS...
DEPUIS LE COLLÈGE, JE TRAÎNE AVEC UN GROUPE DE FILLES ET J'AI ESSAYÉ DE SORTIR AVEC CHACUNE D'ENTRE ELLES... SANS SUCCÈS.
MANUE
SOPHIE
MOI
SÉVERINE
ALICE
LA FRIENDZONE TOTALE, SAUF QUE LE TERME N'EXISTE PAS ENCORE. CET ÉTÉ-LÀ, NOUS CAMPONS UN WEEK-END DANS LE JARDIN DES PARENTS DE SOPHIE.
♪ YOU KNOOW IT'S TRUE EVERYTHING I DO
I DO IT FOOR YOU ♪
T'AS TROP UNE BELLE VOIX ALICE !
ET QUAND VIENT L'HEURE DE DORMIR, DEVINEZ QUOI ?
ON VOUS LAISSE LES AMOUREUX HIHIHI !
HAHA PFF !
AVEC LUI ? N'IMPORTE QUOI !
HIHIHI !
ON S'ORGANISE DEUX PAR DEUX, SOUS LES TENTES.

* VOITURE DE RÊVE

JE N'AI DONC PAS UN TRÈS BON SOUVENIR DE...
L'ÉTÉ DE MES 17 ANS
DESTIN TOUT TRACÉ
JE PROFITE DE CETTE PARENTHÈSE ESTIVALE POUR MOINS VOIR SOPHIE QUI M'INONDE DE LETTRES PASSIONNÉES.
LA VACHE... ENCORE DES CHEVEUX! ELLE VA FINIR CHAUVE À LA RENTRÉE!
J'ARRIVE DE MOINS EN MOINS À TROUVER LE COURAGE À METTRE UN TERME À NOTRE RELATION.
BAH C'EST PAS TOI, C'EST MOI...
MAIS SI EN PLUS T'ES SUPER...
TROP SUPER POUR MOI JUSTEMENT.
MAIS NON JE TE DÉTESTE P...
NON, JE TE QUITTERAI JAMAIS.
MEERDE! POURQUOI JE DIS ÇA!
À LA RENTRÉE, IL ME VIENT UNE IDÉE AUSSI DÉSESPÉRÉE QUE DÉBILE POUR NE PLUS LA VOIR ET ESPÉRER QU'ELLE SE LASSE D'ELLE-MÊME.
TU VAS FAIRE SEMBLANT D'ÊTRE MALADE?
MAIS SI TES PARENTS S'EN AP
NON MAIS T'INQUIÈTE, ÇA VA JOUER.
BONES
UNE SEMAINE PLUS TARD, JE CONTINUE À FAIRE SEMBLANT. MA MÈRE M'EMMÈNE CHEZ LE DOCTEUR.
C'EST JUSTE UN MAL DE VENTRE, PAS LA P
SISISI!
ÇA FAIT PLUS D'UNE SEMAINE, TU VAS RATER TON BAC SI ÇA CONTINUE!
JE FAIS DES ANALYSES, JE SAIS QUE JE NE POURRAI PLUS MENTIR TRÈS LONGTEMPS...
AU BOUT DE QUELQUES JOURS, LE RÉSULTAT TOMBE ENFIN:

A PRIORI, C'EST UNE MONONUCLÉOSE INFECTIEUSE... JE ME RENSEIGNE COMME JE PEUX SUR CETTE MALADIE CAR INTERNET DÉBUTE À PEINE.
ALORS LA FATIGUE, ÇA C'EST BON... PERTE D'APPETIT HEU... PAS MOYEN... FIÈVRE MMH...
MA PUCE? TU PEUX ARRÊTER INTERNET JE DOIS PASSER UN COUP DE FIL!
ENCORE DEUX MINUTES MAM'S!
C'EST LE JACKPOT! SOPHIE NE PEUT PLUS M'APPROCHER, PUISQUE JE SUIS TRÈS
CONTAGIEUX OUAIS...
SISI J'AI ENVIE DE TE VOIR MAIS C'EST PAS POSS...
MON DOCTEUR PRÉFÈRE PAS QUE JE VOIE DES GENS.
NON T'ES PAS "DES GENS" MAIS TU VOIS...
OUAIS AFFREUX... LÀ, JE SUIS AU FOND DE MON LIT AVEC 40°C ET J'AI PAS MANGÉ DEPUIS UNE SEMAINE...
UN MOIS PLUS TARD, JE SUIS RATTRAPÉ PAR MES MENSONGES ET FINALEMENT, JE DÉVELOPPE VRAIMENT LES SYMPTÔMES DE LA MONONUCLÉOSE...
AU PLUS FORT DE LA MALADIE, JE PEUX À PEINE SOULEVER UNE FOURCHETTE. ÇA DURE DES SEMAINES... SOPHIE NE M'ÉCRIT MÊME PLUS.
HHH!
HH!
HHH... C'EST PSYCHOSOMATIQUE... JE COMPRENDS PAS...
HH!! JE VAIS MOURIR DE FAIM
JE GUÉRIS AU BOUT DE TROIS MOIS. J'APERÇOIS BRIÈVEMENT SOPHIE, PAR HASARD, LORS D'UN CONCERT.
VITE FAIS SEMBLANT DE ME PARLER D'UN TRUC IMPORTANT Y A SOPHIE À TROIS HEURES!!
OK... TU SAIS QUE KURT COBAIN S'EST SUICIDÉ AUJOURD'HUI?
ATTENDS QUOI?! TU DÉCONNES??
JE TE JURE!
L'ANNÉE SUIVANTE, ELLE DISPARAÎT DES RADARS ALORS QUE JE REDOUBLE MA TERMINALE ET QU'ELLE ENTRE À LA FAC.
JE NE LA REVERRAI PLUS JAMAIS.

VOILÀ CE QUI CHIFFONNE MON ONCOLOGUE EN CE MOIS DE JUIN 2010...
VOUS COMPRENEZ MONSIEUR LONG ?
APRÈS DES MOIS D'INVESTIGATIONS, JE TROUVE ENFIN POURQUOI VOS PLAQUETTES ONT CHUTÉ COMME ÇA ET LÀ, PAF !
PAF ?
(CE N'EST PAS LE FAIT QUE JE NE VOIE PLUS SOPHIE, HEIN.)
VOUS M'AFFIRMEZ QUE VOUS AVEZ DÉJÀ EU LA MONONUCLÉOSE ?!
MAIS C'EST IMPOSSIBLE DE L'AVOIR DEUX FOIS !
AH ?
DANS VOTRE CAS, LES ANALYSES SONT FORMELLES.
DONC SOIT LE LABO QUI VOUS A FAIT CES ANALYSES IL Y A QUINZE ANS S'EST PLANTÉ, SOIT IL SE PASSE DES CHOSES BIZARRES EN SUISSE... BREF, PENSEZ À M'AMENER CES RÉSULTATS SI VOUS LES RETROUVEZ... ET AUSSI LE NOM DE VOTRE MÉDECIN À L'ÉPOQUE... JE SERAI CURIEUX DE LUI PARLER DE TOUT ÇA... ÇA VA MONSIEUR LONG ?
VOILÀ... VOUS CONNAISSEZ TOUTE L'HISTOIRE... C'EST LA PREMIÈRE FOIS QUE JE LA RACONTE ET C'EST...
L'ÉTÉ DE MES 43 ANS
← L'AUTEUR DE TCHEETOS !
MÊME MES PARENTS N'EN ONT JAMAIS RIEN SU ET... IL Y A PEU DE CHANCES QU'ILS DÉCOUVRENT UN JOUR LA VÉRITÉ :
HÉE, MAIS C'EST CETTE SEMAINE LE PHOSPHORE SUR MES 17 ANS !
PROCHAIN TCHEETOS ↓
FAUT QUE JE L'ANNONCE SUR INSTA EN BLOQUANT MES PARENTS.
BIDIBIDIP ♪
ILS NE LISENT PAS PHOSPHORE :)
AH SALUT MAM'S... NON JE TRAVAILLE...
QUOI, PHOSPHORE ? MAIS COMMENT TU...
HEU ÇA VA SORTIR OUI MAIS JE SAIS PLUS QUAND...
NON ACHÈTE-LE PAS ENFIN ! C'EST POUR LES ADOS...
QUOI ? TU L'AS DÉJÀ ACHETÉ... MAIS NON ! NE LIS PAS MON HISTOIRE

L'ÉTÉ DE LESLIE PLÉE

L'ÉTÉ des 17 ANS de Leslie Plée

L'été de mes 17 ans, j'aurais voulu qu'il soit inoubliable.

C'était la 1ère fois que je partais en Espagne et surtout que je partais sans mes parents.

J'aurais voulu profiter de cette liberté pour vivre des aventures mémorables.

J'avais l'impression que les adultes me privaient de vivre pleinement et j'avais hâte de faire tomber les interdits.

J'aurais voulu avoir une bande de potes et traîner toute la journée avec eux. Avoir les plus gros fous rires de ma vie.

J'aurais voulu avoir un mec, vivre une romance.
Salut.
Salut.
Je rêvais déjà du grand amour et à 17 ans, j'étais sûre d'avoir déjà assez attendu.
HAHA!
HAHAHA!
HAHAHA!
HiHi!
Mais je me serais contentée d'une petite histoire d'été avec un mec moyen.
Tu veux des chips?
Ouais.
CROUCH

J'aurais voulu que cet été soit l'apothéose de ma vie.

Je voulais que ce soit le négatif de ma vie en banlieue.

J'aurais voulu me transformer en meuf méga bonne et super bronzée.

J'aurais voulu avoir confiance en moi.

Je pensais que 17 ans était le plus bel âge et par conséquent, je devais passer le plus bel été.

En réalité, ces 2 semaines en Espagne furent catastrophiques.
Hey, c'est notre gare !
VALEN
Non, ça ne l'était pas.
Tu peux demander à un taxi de nous amener à l'autre gare de Valence où nous attend notre taxi pré-payé qui connaît l'adresse contrairement à nous ?
Non.
2 LV1 Allemand
Tu crois qu'il a compris ?
Aucune idée, il est peut-être en train de nous kidnapper !
La fille qui nous a invitées dans l'appart de ses parents, s'est montrée exécrable.
Ah vous voilà ! Qu'est-ce que vous avez foutu ? On va dans une soirée !
KORN
Attends, on est crevées !
On vient de faire 100 heures de train !
Au lycée, elle était du côté des ados rebelles dépressifs et là on ne la reconnaissait plus.
rouge d'alcool et de coups de soleil
Moi, j'y vais !
vin + coca
Elle nous arnaquait de l'argent quand on faisait les courses.
Tu paies, je te rembourserai.
Et on était totalement incompatibles avec sa bande.
Salut, je vous présente mes potes de Paris.
Ha ha les cachets d'aspirine ! Elles sont toutes blanches !

Ha ha ! Elles font la gueule. Vous avez pas d'humour !
Tu parles de ton humour de merde ?
Je déteste la danse !
VOUS ÊTES CHIANTES !
Je hais danser !
Elle nous traînait en boîte. On n'avait qu'une clé pour 3 et c'est elle qui la gardait.
ON SE CASSE !
Démerdez-vous !
Comme j'étais la personne "petite et souple", tous les soirs, je passais par le balcon pour ouvrir la porte.
L'ambiance était détestable. On passait notre temps à être aigries et à la critiquer derrière son dos.
Elle a pris du cul.
Rha, elle va me l'agrandir...
Je t'emprunte cette jupe !
On a essayé de changer nos billets pour rentrer plus tôt mais on n'avait pas assez d'argent.
Il nous reste très peu de pesetas.

Finalement, on a passé nos soirées à se faire chier sur une terrasse à écouter Radiohead.
Karma Police arrest this man
J'étais hyper déprimée par la dernière année de lycée qui m'attendait.
Ce fut des vacances très démoralisantes. Si la liberté ne m'apportait pas le bonheur, qu'est-ce qui le ferait ?
J'ai super faim !
Je sais mais on n'a plus rien. Elle ne nous a jamais remboursées !
Je suis revenue très amère.
Le seul côté positif, c'est que j'ai vécu ces galères avec ma meilleure amie et ça nous a donné de nouveaux souvenirs en commun.
Tu te souviens de nos vacances en Espagne ?
ça a été à la fois le pire et le meilleur été de ma vie.

L'ÉTÉ DE FABRICE ERRE

(1) CETTE AFFIRMATION A ÉTÉ SCIENTIFIQUEMENT PROUVÉE.

1 LE LOOK
AVOIR UN BON LOOK EST ESSENTIEL! NE NÉGLIGEZ AUCUN DÉTAIL...
CHEVEUX LONGS BOUCLÉS À MI-CHEMIN ENTRE MEL GIBSON ET BON JOVI.
LUNETTES QUI FONCENT AU SOLEIL.
MYSTÈRE!
T-SHIRT NEUTRE POUR ÉVITER LES FAUTES DE GOÛT (NE PAS ESSAYER AVEC UN T-SHIRT IRON MAIDEN DE DRAGUER UNE FILLE QUI AIME PINK FLOYD).
BASKETS PAS TROP CHÈRES (CAR IL FAUDRA LES JETER À LA BENNE APRÈS 2 MOIS PORTÉES SANS CHAUSSETTES).
JEAN DÉCOUPÉ À FRANGES.
COOL!
REBELLE!
TADAAAM!
C'EST PAS DU LOOK ÇA?!
AH!
MES COPAINS ONT TOUS UN BON LOOK AUSSI!
OUAIS
CARRÉMENT.
OBLIGÉ.
SAUF NICOLAS.
NICOLAS N'A PAS DE LOOK.
TSS...
CHEVEUX COURTS
MUSCLES
BON NICOLAS, IL VA FALLOIR FAIRE UN PETIT EFFORT QUAND MÊME...
ON EST UNE TEAM.
UN POUR TOUS.
ALORS LÀ, VOUS VOUS DITES : "AVEC UN AUSSI BON LOOK, JE PEUX FONCER!!"
HA! HA! QUELLE FOUGUE À 17 ANS!
FONCEZ PLUTÔT À L'INDISPENSABLE ÉTAPE 2!

2 LA GUITARE
LA GUITARE, C'EST LE TOP POUR SÉDUIRE LES FILLES !
C'EST BEAUCOUP MIEUX QUE LA BATTERIE PAR EXEMPLE.
SKULL !
KILL !
BLOOD !
LA BATTERIE, C'EST NUL POUR SÉDUIRE LES FILLES.
LA GUITARE, TU PEUX L'EMMENER PARTOUT, ET LÀ VAZY LE CHARME QUI OPÈRE !
ALORS, CONSEIL IMPORTANT : IL FAUT BIEN CHOISIR SES MORCEAUX. MOI PAR EXEMPLE À 17 ANS, J'ÉCOUTE THIÉFAINE :
H.F. THIÉFAINE
C'EST SUPER THIÉFAINE, HEIN, MAIS C'EST PAS TOUJOURS HYPER FESTIF...
LES DINGUES ET LES PAUMÉÉÉS... S'ARRACHENT LEUR PLACENTAAA...
LANCEZ-VOUS PLUTÔT DANS UN TRUC CONSENSUALO-ROMANTIQUE GENRE "ROMEO AND JULIET" DE DIRE STRAITS.
DJOU-OULIET ! ZE DAÏCE WERE LODID FROM ZE START
DU COUP ON APPREND TOUS LA GUITARE.
MOI, JE VAIS TENTER "STAIRWAY TO HEAVEN"
WAH !
LE DINGUE !
SAUF NICOLAS.
QUI PRÉFÈRE ALLER À LA PLAGE.
MAIS C'EST LE SOIR QU'IL FAUT ALLER À LA PLAGE !
TSS !..
CE QUI NOUS CONDUIT À L'ÉTAPE 3 !

3 THE PLACE TO BE
ALORS, TROISIÈME CONDITION DE LA RÉUSSITE : ALLER LÀ OÙ ÇA SE PASSE.
KROUÂK !
CAILLOUX
HERBE MORTE
PARCE QUE TOUT SEUL AU FOND DU CANTAL, ÇA RESTE DIFFICILE (MÊME AVEC UNE GUITARE ET UN BON LOOK).
MOI, À 17 ANS, J'AI DU BOL ! J'HABITE PAS LOIN D'ARGELÈS-SUR-MER !
ARGELÈS S/MER
L'ÉTÉ, ARGELÈS, C'EST UNE SORTE DE RÉSERVE NATURELLE DE FILLES VENUES D'EUROPE DU NORD !
MAGNIFIQUES CRÉATURES DONT LES CHEVEUX AU VENT FONT BONDIR LE CŒUR SENSIBLE DES ADOLESCENTS QUE NOUS SOMMES.
RHÔ DIS DONC, ELLE A DE SACRÉS CHEVEUX AU VENT CELLE-CI...
ÉNORMES...
À ARGELÈS, IL Y A TOUT POUR PASSER UN SUPER ÉTÉ !
L'ALLÉE DES PINS (GLACES, BOUTIQUES)
BISTROTS (LE ROBERTO)
LE PLAYA (BOÎTE DE NUIT)
LE BOIS DE PINS (COIN TRANQUILLE)
GAME CENTER (TEKKEN)
LA MER (BAIN DE MINUIT)
LA PLAGE (LIEU DE RENCONTRE)
AU VIEUX CAMPEUR
ET LÀ MON GARS, Y'A PLUS QU'À...

VOUS ÊTES FIN PRÊT.
COCORICOO! (CHANT ALLÉGORIQUE)
ET SI ON ALLAIT AU PLAYA?
EN BOÎTE? NON MAIS N'IMPORTE QUOI...
ARGELÈS/MER
RESTE PLUS QU'À PLANIFIER L'OFFENSIVE...
ET À CONVAINCRE VOTRE MÈRE DE VOUS TRANSPORTER (PARCE QUE C'EST PAS LOIN MAIS C'EST PAS À CÔTÉ).
OUAIS! RENDEZ-VOUS CE SOIR!
BON, JE TE RÉCUPÈRE À MINUIT AU ROND-POINT.
QUOI ?! À MINUIT! L'ÉTÉ DE MES 17 ANS!!
ET À GÉRER L'IMPRÉVU AUSSI...
T'AS PAS TA GUITARE?
JE CROYAIS QUE VOUS APPORTIEZ LA VÔTRE...
MOI AUSSI.
FALLAIT EMMENER SA GUITARE?
MOI PAREIL.
MOI, JE VAIS ALLER AU PLAYA.
AH BAH C'EST PAS AU GAME CENTER QU'ON VA TOMBER DES FILLES...
ET SAVOIR REBONDIR.
ON RETOURNE SUR LA PLAGE DEMAIN...
VAS-Y, PRENDS YOSHIMITSU!
TEKK
2 PLAYERS

MAIS SURTOUT, IL FAUT GARDER ESPOIR...
JE VAIS PAS FAIRE LE TAXI TOUS LES SOIRS NON PLUS!
EH MAIS C'EST L'ÉTÉ DE MES 17 ANS QUAND MÊME!
CAR LA PERSÉVÉRANCE PAIE...
PLINK
PLONK
CHTUNK
ABSENCE PERSISTANTE DE FILLE.
ET TÔT OU TARD...
À QUI LE TOUR?
NON MOI C'EST BON...
J'AI MAL AUX DOIGTS...
J'AI... EUUH... PAS FAIM.
AU MOMENT OÙ TOUT SEMBLE DÉSESPÉRÉ...
BON, BEN, ON REVIENT DEMAIN?..
ET NICOLAS, IL EST TOUJOURS AU PLAYA?
AH BEN, C'EST PAS LUI ÇA?
KRRRR
ÇA FINIT PAR MARCHER!!
?!!
ET ÇA, C'EST BEAU.
Fabrice ERRE 2018

L'ÉTÉ DE CLAIRE FAUVEL

L'ÉTÉ DE MES 17 ANS
COOL !
17 ANS ... LE BEL ÂGE ! OÙ L'ON EST EN QUÊTE D'ÉMOTIONS, DE SENSATIONS ... BREF, DE VIE !
Yu : Put1, on se fait rusher, Xi, t où ?!
Xixi
Yu : Xi ?!!!
MMH ... JE SUIS MORTE ! ^^'
SEIGNEUR, C'EST VRAI QU'ON NE PEUT PAS DIRE QUE J'AI JAMAIS CRU EN TOI...
COMPRENDS-MOI, J'AI BESOIN D'UN PETIT SIGNE DE TA PART !
SI EN VERTU DES LOIS MAGIQUES DE LA RELIGION TU PEUX T'INCARNER DANS TOUTE CHOSE, Y COMPRIS DANS CETTE CHIPS ...
JE T'EN PRIE, ENTENDS MA PRIÈRE ...
FAIS QUE JE PERDE MA FOUTUE VIRGINITÉ AVANT LA RENTRÉE !
LA VIRGINITÉ, C'EST UN TRUC DE LYCÉENNE, PAS D'ÉTUDIANTE, TOI MÊME TU SAIS !
XI !!
T'ES FLIPPANTE MEUF !
ELLE, C'EST MOUNA , MA MEILLEURE AMIE.
DEPUIS QUAND T'EMBRASSES TES CHIPS ?
CHALUT YU ! CHEST MEILLEUR COMME CHA !
POUR LES INTIMES, NOUS SOMMES XI ET YU, NOS SURNOMS DEPUIS LE COLLÈGE.

TU FAIS PITIÉ, FAUT VRAIMENT QUE TU TE TROUVES UN MEC !
J'AIME PARTICULIÈREMENT SON SENS DE LA COMPASSION.
J'ESPÈRE QU'IL Y EN AURA DES POTABLES DANS TON ÉCOLE DE BOURGES !
C'EST PAS UNE ÉCOLE DE BOURGES, C'EST UNE SUPER ÉCOLE D'ART !
À QUOI BON EN PARLER ... JE NE VAIS PAS ÊTRE PRISE !
TU N'AS PAS DIT QUE C'ÉTAIT SUR DOSSIER SCOLAIRE ? ... T'AS DES SUPER NOTES !
JE SAIS MAIS ...
J'AI TRICHÉ !
HEIN ?
EN PLUS DES NOTES, LES PROFS DEVAIENT ÉCRIRE UN COMMENTAIRE.
MME B. ET MME T. M'ONT DESCENDUE, ELLES ONT DIT QUE J'ÉTAIS BONNE ÉLÈVE MAIS FÉNÉANTE, INATTENTIVE ET INDISCIPLINÉE.
J'AI EFFACÉ LEUR COMMENTAIRE AVEC PHOTOSHOP ET J'AI RÉIMPRIMÉ LE DOSSIER ...
MAIS J'AI PEUR QUE CE SOIT GRILLÉ !
JE SUIS SÛRE QUE ÇA VA PASSER ...
TU PROMETS DE CONTINUER À ME VOIR QUAND TU SERAS DEVENUE UNE FUCKING ARTISTE ?
J'AI QUELQUE CHOSE POUR TOI, POUR NE PAS QUE TU M'OUBLIES !
AAH !
ÇA C'EST POUR ÊTRE MORTE AVANT MÊME D'AVOIR FRANCHI LES PORTES DU CHÂTEAU TOUT À L'HEURE !

L'ÉTÉ S'ÉCOULE, ENTRE DOUCEUR ET ENNUI ...
ASUS
ET PUIS UN JOUR ...
CLAC
MAMAN, ALICE, J'AI ÉTÉ PRISE À L'ÉCOLE ESTIENNE !
BRAVO, JE SUIS FIÈRE DE TOI !
TROP FORTE, SISTER !
JE PEUX ALLER À PARIS CETTE APREM' ? J'AI ENVIE D'ALLER VOIR L'ÉCOLE !

SUCY-BONNEUIL RER
SUR LE CHEMIN, LES TOURS DE LA BANLIEUE LAISSENT PETIT À PETIT PLACE À D'AUTRES TOURS,
ÉTRANGEMENT PLUS DÉSIRABLES.
PARIS.
CE NOM RECÈLE TANT DE PROMESSES.
J'AI L'IMPRESSION QUE DERRIÈRE CES GRILLES VIEILLES DE PLUSIEURS SIÈCLES ...
... JE VAIS ENFIN COMMENCER À VIVRE !

L'ÉTÉ DE RUDY SPIESSERT

L'été de l'Angoisse
Rudy Spiessert
Juin 1992, je pars en vacances à la montagne avec mes cousins.
Haute Savoie.
Fiat Uno
Nirvana
I feel stupid and contagious ♫
Le paysage est probablement sublime mais je n'ai pas la tête à ça, J'AI PEUR.
Hey, c'est pas un aigle, là-bas ?
Jesssaispas.
♫ Here we are now ♫
J'ai peur parce que j'aurai 18 ans à la rentrée et que je dois faire mon service militaire.
Rappel Historique :
Le service militaire obligatoire consiste à intégrer tous les garçons dans un corps d'armée pendant 10 mois, l'année de leurs 18 ans. Il ne sera aboli qu'en 2001 par Jacques Chirac.
On raconte des trucs terribles sur le service militaire.
Mon père, il connait un mec qui a perdu un oeil pendant un exercice de tir.
Des fois, ils chopent un nouveau au hasard, ils le foutent à poil et ils lui font boire l'eau des chiottes..
Or, moi, je ne me vois pas du tout faire ça. Parce que, voyez-vous, je suis un artiste sensible, sombre et romantique.
Cheveux vaguement longs.
Les fleurs du mal de Charles Baudelaire.
Lunettes noires toute la journée.
Tu veux pas que je recouse ton jean, mon chéri ?
Pull à trous pour faire comme Kurt Cobain de Nirvana.
Jean déchiré.
Non merci maman.
Je vis chez ma maman, qui me nourrit principalement de frites.
Je suis végétarien, comme ma soeur qui vit au Canada (elle est mariée à un gourou qui fait du New Age).
Mais en matière de légumes je n'aime que les patates, alors ça limite les possibilités.
Et puis, ma mère a du mal avec le concept de "végétarien".
Mais maman, t'as mis du jambon dans la salade.
Oh bah c'est du jambon, c'est pas de la viande.
Enfant, j'étais très maigre, alors ma maman me nourrit beaucoup.
7 ans : rachitique
Coiffé comme Jeanne d'Arc.
Elle est malade, la petite fille ?

À part ça, je suis amoureux d'une fille qui s'appelle Marie, mais c'est un amour impossible parce que :
1 : Elle habite loin.
2 : Elle me considère "un peu comme son frère".
Moi, je veux bien être son frère mais est-ce qu'on peut s'embrasser avec la langue quand même ?
Il n'y a pas encore Internet en France, alors on s'écrit des lettres. Je trouve ça romantique et désespéré, j'aime bien.
Viens manger, mon chéri, les frites vont refroidir.
Le Retour du Jedi
Tiens, tu as reçu du courrier.
AAAARGH
IMPORTANT
Convocation au centre de sélection du service national.
Je dois aller faire ce qu'on appelle "les trois jours" qui en fait ne durent qu'une journée. C'est une série de tests pour déterminer si on est apte au service militaire.
Allez, courage mon chéri.
N'oublie pas ton goûter.
Merci maman.
Il y a toutes sortes de tests. On me pèse, on me mesure, on vérifie ma vue et mon audition, on me palpe les testicules.
AZU
MNOR
SWQRU
On me pose plein de questions assez peu en rapport avec l'armée.
Est-ce que vous consommez de la drogue ?
Vous avez des rapports sexuels réguliers ?
Est-ce que vous avez des amis ?
Après, il y a les tests d'intelligence. Un énorme classeur de fiches avec des cases à cocher.
Les questions sont incroyablement débiles.
TROUVEZ L'INTRUS :
POULE
POUSSIN
POULET
MARTEAU

Et à la fin, contre toute attente, je suis déclaré
APTE AU SERVICE
Bravo ! Vous avez de bons résultats, ça vous dirait d'intégrer une école d'officiers ?
Non mais c'est-à-dire je...
Vous êtes sûr que c'est la bonne fiche ?
Il doit y avoir une erreur
Au secours.
Allez, à bientôt !
Au revoir monsieur.
C'est juste un cauchemar, tu vas te réveiller.
Mon seul espoir, désormais, c'est le "report pour études". On peut repousser de trois ans l'atroce échéance si on est étudiant.
OK, mais des études de quoi ?
Ah oui, j'ai oublié de vous dire, je ne vais pas au lycée, je suis des cours par correspondance, parce que j'ai grandi dans un cirque.
Ça, c'est super pour draguer, ça fait saltimbanque mystérieux.
Nan, c'est vrai, t'as grandi au cirque ?
Eh ouais...
Trobien.
Enfin, disons que ça fait illusion deux minutes.
Et tu sais faire des trucs, genre jongler ou cracher du feu ?
Euh, non. Rien en fait.
Ah ouais, d'accord.
Et donc, là, je me traîne vaguement en première avec une moyenne assez déplo-rable, sauf en dessin où j'ai 18.
Authentique dessin de l'époque.
Je dessine tout le temps. La copine de mon frère me dit que c'est bien ce que je fais. Elle est diplômée des Beaux-Arts.
Mais il faut que tu fasses une école d'art.
Sinon tu vas rester seul dans ton coin comme un naze, et tu finiras par faire des dessins à la craie sur le trottoir en mendiant des tickets restaurant.
Pour mangé Sivoplait

Et puis j'ai rencontré Jean Barbaud, le dessinateur qui a créé tous les personnages du dessin animé "Il était une fois la vie".
C'est vraiment pas mal.
Maintenant, il faut que tu fasses une école.
Alors un jour..
ECOLE BRASSART
TECHNIQUE ET PRIVÉE
Courage mon chéri.
J'ai mis un Bounty dans la poche de ton manteau si tu as faim.
Merci maman.
Les admissions se font sur dossier, aujourd'hui je rencontre le directeur.
Il porte le nom de l'école, c'est son père qui l'a fondée.
Habillé tout en noir.
Faites voir ça...
Regard inquiétant.
Collier de barbe.
Hmmm. Vous n'avez pas le bac, n'est-ce pas ?
Non, je.
Normalement on ne prend plus d'élèves sans le bac.
Hmmm.
Et maintenant nous allons apprendre à égorger un adversaire avec une baïonnette.
Hmmm, tout n'est pas excellent, mais ça ira.
Ce que je ne sais pas encore c'est qu'à la rentrée prochaine je rencontrerai plein de gens aussi bizarres que moi, parce qu'une école d'art c'est un peu comme une réserve naturelle d'adolescents chelous.
ANNE-CÉCILE
Mystérieuse, look gothique mais raconte des blagues.
1m40
HERVÉ
Snob, élégant, plus tard on fera 15 albums ensemble.
ÉRIC
Sympa mais porte un poncho toute l'année.
YVES
Beaucoup trop de cheveux
2m30
32 kilos en comptant les vêtements;
Et voilà, aujourd'hui, 25 ans plus tard, je suis un artiste accompli et reconnu, alors je vous laisse méditer ce message d'espoir :
À table, mon chéri, les frites sont prêtes !
J'arrive, maman.
Rudy Spiessert

L'ÉTÉ DE ÉLISA MARRAUDINO

L'été de mes 17 ANS
2015
Elisa Marraudino
Depuis le décès de nonno, ça faisait quelques étés qu'on avait laissé tomber le RDV annuel à «l'appart à la mer» de Ginosa Marina, le quartier général de la famille Marraudino...
EEY!!
CIAO BELLE!
OOO SOLE MIOOOO!
ZIA!
Ça nous manquait beaucoup (surtout à papa) alors pour l'été de mes 17 ans, on a fait notre grand comeback.
Grand Leonardo
Zia Philomena (Melina)
Zio Tomasso
HAHA CHE STRONZO!
Antonietta (Tete)
Vais mourir.
Trop chaud.
Zia Francesca (Franca)
GUARDA EMMA!
MUACK MUACK
Genni
Damiano
PAF
AAAH C'EST SHOUNT À MORT!
Petit Leonardo
Bouillasse de sable et de PQ
BWAA
BASTA LEO!
Benedici la nostra casa
Ouah...!
Rien n'a bougé.
Soupir
Les madémousselles di Nonno!!!
HIHI!
Balla
Nonno, come va la gamba?*
BRRAAVAA EMMAAA!
ENCORE??
Bene bene!
Rageuse
SCOPA!!!
* Comment va ta jambe?
LA DERNIÈRE À LA CHAMBRE DORT EN DESSOUS!!!
EH

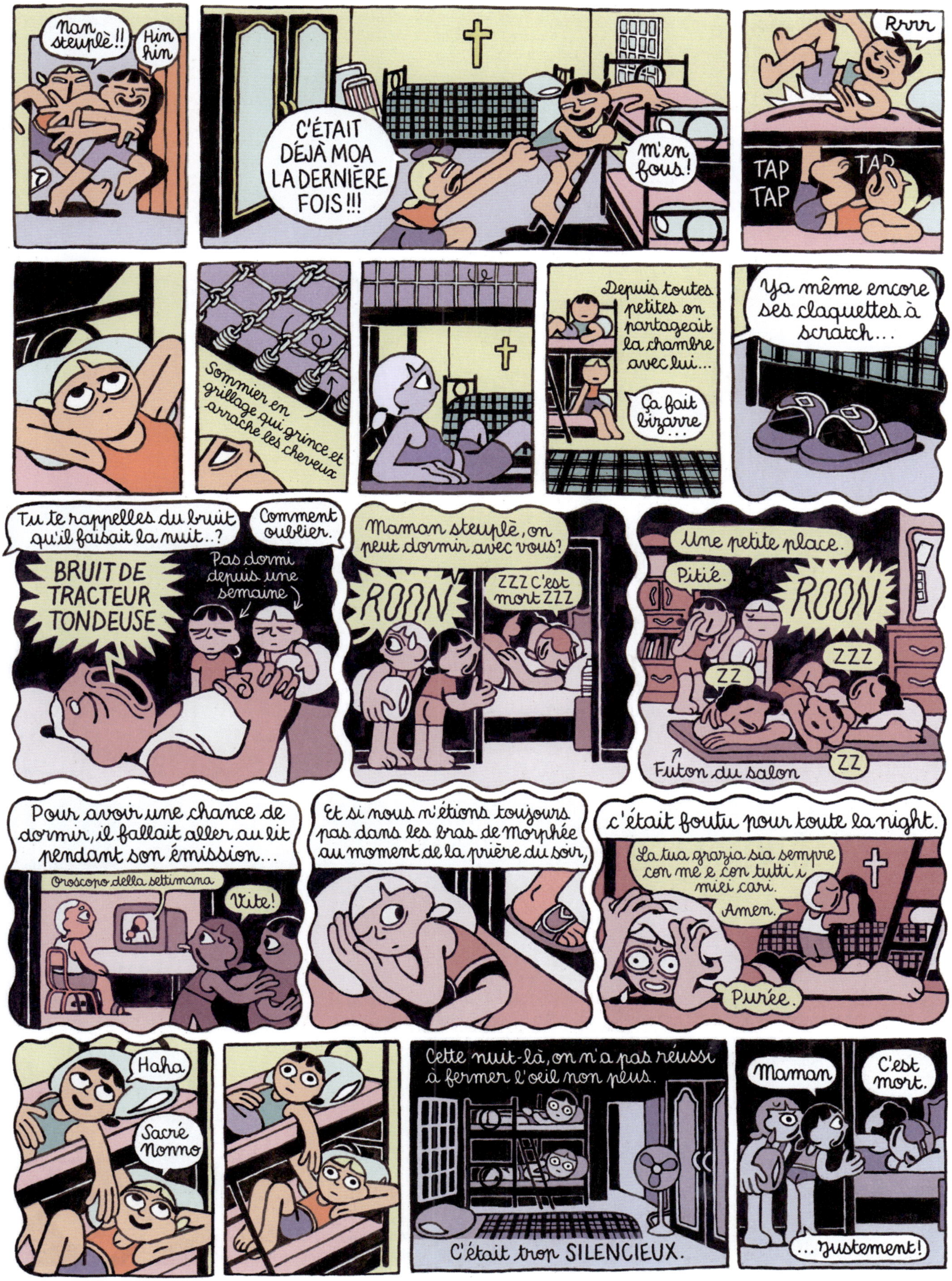
Non steuplè !!
Hin hin
C'ÉTAIT DÉJÀ MOA LA DERNIÈRE FOIS !!!
M'en fous !
Rrrr
TAP TAP
TAP
Sommier en grillage qui grince et arrache les cheveux
Depuis toutes petites on partageait la chambre avec lui…
Ça fait bizarre…
Ya même encore ses claquettes à scratch…
Tu te rappelles du bruit qu'il faisait la nuit..?
Comment oublier.
BRUIT DE TRACTEUR TONDEUSE
Pas dormi depuis une semaine
Maman steuplè, on peut dormir avec vous ?
ROON
ZZZ C'est mort ZZZ
Une petite place.
Pitié.
ROON
ZZZ
ZZ
ZZ
Futon du salon
Pour avoir une chance de dormir, il fallait aller au lit pendant son émission…
Oroscopo della settimana
Vite !
Et si nous n'étions toujours pas dans les bras de Morphée au moment de la prière du soir,
c'était foutu pour toute la night.
La tua grazia sia sempre con me e con tutti i miei cari.
Amen.
Purée.
Haha
Sacré Nonno
Cette nuit-là, on n'a pas réussi à fermer l'oeil non plus.
C'était trop SILENCIEUX.
Maman
C'est mort.
…Justement !

7:00
SVEGLIA!
gné
À Ginosa on se lève TÔT
Emma, la glacière.
Elisa, les transats
Pour avoir un bon spot à la plage...
Et pour profiter de la fraîcheur de la matinée avant que le soleil de midi nous atomise.
Peaux super fragiles de victimes boloss
Attendez, encore un peu de crème.
Ça tape fort.
Habiter à 5 min à pied de la mer, c'est vraiment la dolce vita
Saluti da Ginosa marina
Même si c'est pas complètement comme sur les cartes postales.
Aïe
J'ai marché sur un oursin.
Non c'est une capsule de bière.
waaaa
crème crème
TAP TAP
PIANO LÉO!
AAA
pss
Ici non plus, rien n'a changé.
Les enfants courent partout cul-nul.
ALESSANDRO!
VIENI QUA!
Hihi
Le vendeur de coco casse les pieds de tout le monde.
OUNTSE OUNTSE
COCCO BELLO!
Les imprimés de serviettes sont chaotiques.
LASAGNA
Les kékés de plage bandent le muscle.
En apnée
Le lido d'à côté blaste sa meilleure playlist de raï.
Nta omri ayiiii

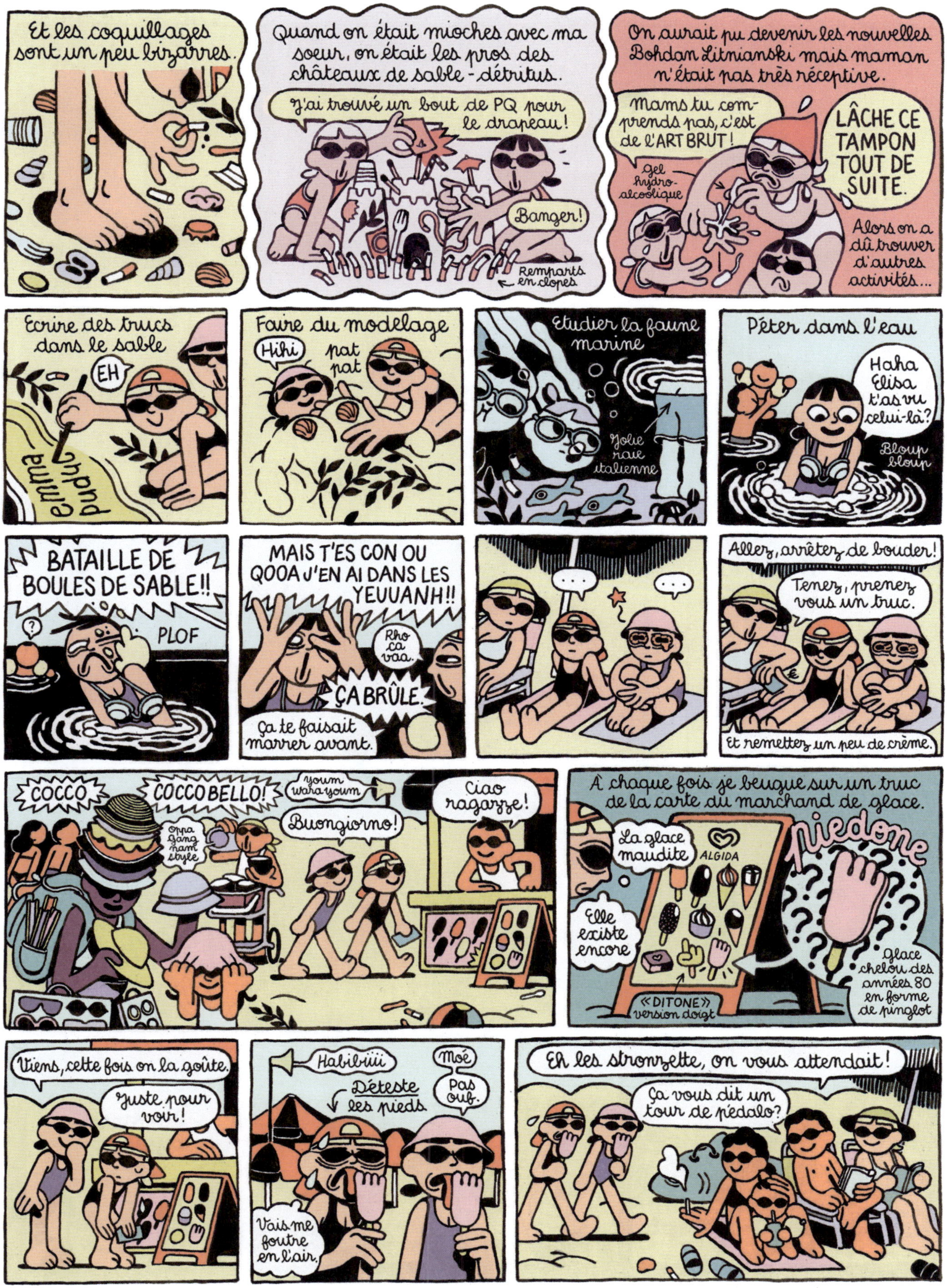

Et les coquillages sont un peu bizarres.
Quand on était mioches avec ma soeur, on était les pros des châteaux de sable - détritus.
J'ai trouvé un bout de PQ pour le drapeau!
Banger!
Remparts en clopes
On aurait pu devenir les nouvelles Bohdan Litnianski mais maman n'était pas très réceptive.
Mams tu comprends pas, c'est de L'ART BRUT!
LÂCHE CE TAMPON TOUT DE SUITE.
Gel hydro-alcoolique
Alors on a dû trouver d'autres activités...
Écrire des trucs dans le sable
EH
emma pudu
Faire du modelage
Hihi
pat pat
Étudier la faune marine
Jolie raie italienne
Péter dans l'eau
Haha Elisa t'as vu celui-là?
Bloup bloup
BATAILLE DE BOULES DE SABLE!!
?
PLOF
MAIS T'ES CON OU QOOA J'EN AI DANS LES YEUUANH!!
Rho ça vaa.
ÇA BRÛLE.
Ça te faisait marrer avant.
...
...
Allez, arrêtez de bouder!
Tenez, prenez vous un truc.
Et remettez un peu de crème.
COCCO
COCCO BELLO!
youm wara youm
Oppa Gang nam style
Buongiorno!
Ciao ragazze!
À chaque fois je beugue sur un truc de la carte du marchand de glace.
La glace maudite
ALGIDA
piedone
Elle existe encore
«DITONE» version doigt
glace chelou des années 80 en forme de pinglot
Viens, cette fois on la goûte.
Juste pour voir!
Habibiiii
Moé
Pas ouf.
Déteste les pieds
Vais me foutre en l'air.
Eh les stronzelte, on vous attendait!
Ça vous dit un tour de pédalo?

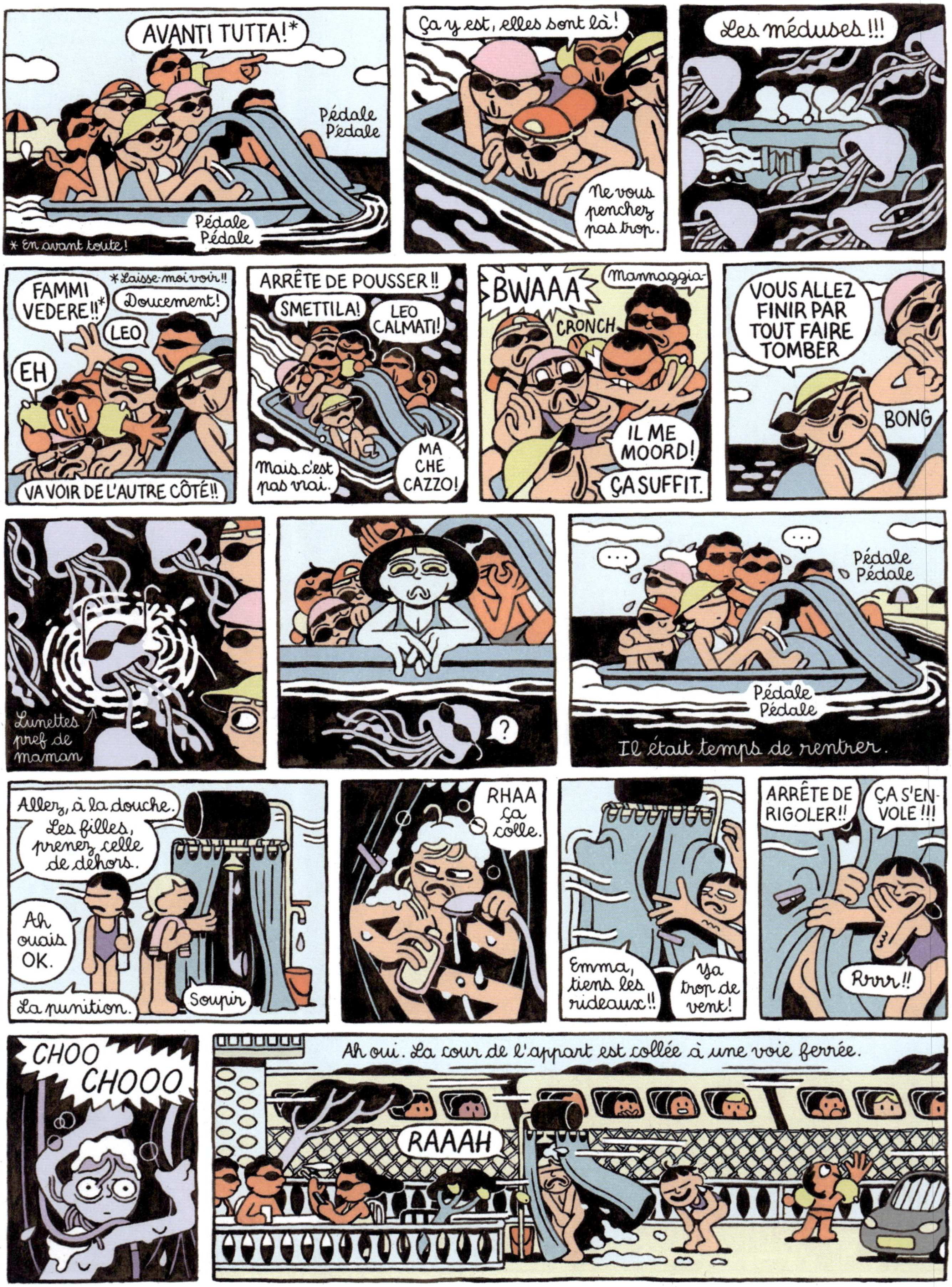
AVANTI TUTTA!*
Pédale Pédale
Pédale Pédale
* En avant toute !
Ça y est, elles sont là !
Ne vous penchez pas trop.
Les méduses !!!
FAMMI VEDERE!!*
*Laisse-moi voir !!
Doucement !
LEO
EH
VA VOIR DE L'AUTRE CÔTÉ !!
ARRÊTE DE POUSSER !!
SMETTILA!
LEO CALMATI!
Mais c'est pas vrai.
MA CHE CAZZO!
BWAAA
Mannaggia-
CRONCH
IL ME MOORD!
ÇA SUFFIT.
VOUS ALLEZ FINIR PAR TOUT FAIRE TOMBER
BONG
Lunettes pref de maman
?
...
...
Pédale Pédale
Pédale Pédale
Il était temps de rentrer.
Allez, à la douche. Les filles, prenez celle de dehors.
Ah ouais OK.
La punition.
Soupir
RHAA ça colle.
Emma, tiens les rideaux !!
Ya trop de vent !
ARRÊTE DE RIGOLER !!
ÇA S'EN-VOLE !!!
Rrrr !!
CHOO CHOOO
Ah oui. La cour de l'appart est collée à une voie ferrée.
RAAAH

Pour le dîner, papa et Tete sont allés chercher de quoi becqueter.
A TAVOLA!
AAAH
Ça a redonné le smile à tout le monde.
CRONCH CRONCH
Hhh
?
Qoa?
Tu grailles ton panzerotto comme Leo a graillé ton bras tout à l'heure.
Dai.
...
Scusami Emma*.
* Pardon Emma.
Emma et Leo se sont rabibochés.
Et moi personne ne s'excuse pour mes lunettes quoi.
Pardon mams!
Scusa zia Anna!
Ah je préfère.
C'était une très cool soirée
Presque parfaite...
Aaah
Piano con il vino!*
Ha ha
*Doucement avec le vin!
Bon! Maintenant qu'on est au complet, qui est chaud pour une partie de cartes?
...et c'est une nouvelle SCOPA!!!
Mais ARRÊTE, TU TRICHES!!!
MDR sois pas deg.
T'as mal mélangé les cartes je parie!!
Elisa, tais-toi et joue.

L'ÉTÉ DE POCHEP

L'ÉTÉ DES 17 ANS DE POCHEP
ENTRE 14 ET 16 ANS, J'AVAIS PRIS BEAUCOUP DE KILOS. PUIS, À 17 ANS, LA COURBE S'EST INVERSÉE ET MON POIDS S'EST STABILISÉ...
15 ANS → 17 ANS
VICHY 1985
YOU'RE MY HEART ♪ YOU'RE MY SOUL ♫ YEAH I'M FEELING THAT OUR LOVE ♫ WILL GROW YOU'RE ♫ MY HEART
MODERN TALKING
SPIDEY
JE SORS ASSEZ PEU DE CHEZ MOI. J'ENTRETIENS UNE PASSION POUR LA SALADE. J'EN CROQUE DE GRANDES QUANTITÉS, FEUILLE APRÈS FEUILLE, SANS VINAIGRETTE NI AUTRE FORME D'ACCOMODEMENT...

JE SAIS MAINTENANT DIFFÉRENCIER LES ESPÈCES ET EN APPRÉCIER LA VARIÉTÉ SUBTILE DES SAVEURS...
LAITUE
BATAVIA
FEUILLE DE CHÊNE
ROMAINE
FRISÉE
MÂCHE
ROQUETTE
MA PRÉFÉRÉE RESTE L'ENDIVE. ELLE SURPASSE TOUTES LES AUTRES....
MA MÈRE ME PENSE ANOREXIQUE...
Goûte mon pâté!
NAN!
JE NE M'AVENTURE QUE PEU SOUVENT À L'EXTÉRIEUR...
D'ABORD PARCE QUE JE N'AI PAS BEAUCOUP D'AMIS À RETROUVER...
NIMARCHÉ
ET AUSSI CAR AFFRONTER LA CHALEUR EXTÉRIEURE SUPPOSE DE SE METTRE EN SHORT ET EN T-SHIRT..
JE NE SUIS ABSOLUMENT PAS PRÊT À EXPOSER CE CORPS.
L'OMBRE EST MA PLUS FIDÈLE ALLIÉE...
À PARTIR DU 15 JUILLET, J'OCCUPE UN POSTE DE SAISONNIER AU CENTRE OMNISPORT DE LA MUNICIPALITÉ.

JE NE VOULAIS PAS TRAVAILLER, MAIS MON PÈRE A FAIT JOUER SES RELATIONS POUR QUE J'OBTIENNE CE JOB D'ÉTÉ...
ÇA VA TE FAIRE DU BIEN DE BOSSER UN PEU !
JE DOIS M'OCCUPER DE L'ESPACE BADMINTON. J'AI POURTANT PRÉCISÉ QUE JE N'Y AVAIS JAMAIS JOUER, MAIS ÇA N'A PAS SEMBLÉ GÊNANT.
HEUREUSEMENT, LES TERRAINS DE BADMINTON NE SONT PAS SITUÉS À L'EXTÉRIEUR. TOUT SE DÉROULE DANS UN GYMNASE.
LE TRAVAIL EST SIMPLE. LE MATIN, J'INSTALLE LES FILETS QUE JE RETIRE LE SOIR.
JE CONFIE DES RAQUETTES ET DES VOLANTS AUX PERSONNES QUI N'EN ONT PAS...
JE NOTE DANS UN CAHIER LE NOMBRE DE JOUEURS VENANT OCCUPER LES TERRAINS.
À PART CELA, JE N'AI QU'À REGARDER LES GENS EN TRAIN DE JOUER...
LES COURS SONT PRINCIPALEMENT RÉSERVÉS PAR DES GARÇONS. MES YEUX SONT CAPTIVÉS PAR LES CORPS VIGOUREUX DE CES JEUNES HOMMES.
CHEVEUX EN MOUVEMENT
MUSCLES EN TENSION
OUI, OUI, JE DOIS BIEN CONSTATER CHEZ MOI UNE COMPLÈTE ATTIRANCE POUR LES GARÇONS.

MAIS QUE CELA SOIT À LA MAISON...
... AU LYCÉE...
... DANS CE GYMNASE, JE ME GARDE BIEN DE LE FAIRE SAVOIR.
J'AI DÉJÀ EU BIEN DU MAL À NOMMER ET ADMETTRE CE QUE JE SUIS, L'ANNONCER N'EST PAS ENCORE D'ACTUALITÉ...
... QUAND JE REPENSE À CE QU'ON M'A DÉJÀ FAIT ENDURER À CAUSE DE MON SURPOIDS...
GROS PORC !
LES AMATEURS DE BADMINTON SONT PEU NOMBREUX... LES HEURES SONT LONGUES...
RRRRR
AU MOIS D'AOÛT, UN TREMPOLINE EST INSTALLÉ DE L'AUTRE CÔTÉ DU GYMNASE.
CETTE ACTIVITÉ N'INTÉRESSE QUE PEU DE MONDE ET LE GARÇON QUI S'EN OCCUPE EST ENCORE PLUS DÉSŒUVRÉ QUE MOI.
IL A L'AIR DE PARFAITEMENT MAÎTRISER CETTE DISCIPLINE À EN JUGER DES BONDS PARFAITS ET DES TRIPLES SALTOS QU'IL EXÉCUTE...

NOUS FAISONS CONNAISSANCE.
T'en veux ?
SALADE
IL S'APPELLE DAVID.
IL A ÉTÉ VICE-CHAMPION DE FRANCE DE TRAMPOLINE 2 ANS AUPARAVANT.
TRÈS VITE, IL M'INVITE À TESTER LE TRAMPOLINE.
MES PREMIERS BONDS SONT MALADROITS, MAIS LA SENSATION EST FORMIDABLE.
PEU À PEU, JE M'ENHARDIS...
... ET MONTE DE PLUS EN PLUS HAUT.
DAVID EST TRÈS MOTIVANT ET ME POUSSE À TENTER DES FIGURES PLUS ÉLABORÉES.
JE SUIS COMPLÈTEMENT SOUS LE CHARME DE CE GARÇON DRÔLE ET PRÉVENANT.
SON ENTHOUSIASME EST PARTICULIÈREMENT CONTAGIEUX.
JE ME SENS POUSSER DES AILES.

JE PASSE LE CAP DU SALTO AVANT SANS TROP DE PROBLÈME.
1
2
3
MAIS ALORS QUE JE ME SENTAIS ASSEZ FORT POUR RELEVER LE DÉFI DU DOUBLE SALTO AVANT...
1
2
... JE NE SUIS PLUS ASSEZ HAUT POUR EFFECTUER LE DEUXIÈME TOUR ET MON VISAGE FROTTE VIOLEMMENT LA TOILE.
RIIIP
SUR MON FRONT ET MON NEZ, LA PEAU EST TOUT ARRACHÉE. MON VISAGE EST EN FEU.
ÇA VA?
HA HA OUI PAS DE SOUCI HA HA
LES JOURS SUIVANTS, MA FACE S'EST RECOUVERTE D'UNE LARGE CROÛTE.
LE CONTRAT DE DAVID ÉTANT PLUS COURT, JE RESTE SEUL JUSQU'AU TERME DU MIEN.
JE SUIS ASSEZ FIER DE MES CROÛTES, ELLES SONT LA MARQUE D'UNE TÉMÉRITÉ CORPORELLE INÉDITE. UNE NOUVELLE AUDACE...
IL DOIT PENSER QUE JE ME SUIS BATTU...
... QUE JE SUIS UN REBELLE.
PUISSANCE
LE SENTIMENT D'EXPLORER UN TERRITOIRE UN PEU PLUS VASTE !
Pochep